AF162526

Monika Neidhart

Die Kreuzigung von Wettingen

Ein Irrwitz Krimi

www.novumverlag.com

Bibliografische Information
der Deutschen Nationalbibliothek:

Die Deutsche Nationalbibliothek verzeichnet diese Publikation in der Deutschen Nationalbibliografie. Detaillierte bibliografische Daten sind im Internet über http://www.d-nb.de abrufbar.

Alle Rechte der Verbreitung, auch durch Film, Funk und Fernsehen, fotomechanische Wiedergabe, Tonträger, elektronische Datenträger und auszugsweisen Nachdruck, sind vorbehalten.

© 2015 novum Verlag

ISBN 978-3-99048-232-2
Lektorat: Katja Wetzel
Umschlagfoto: Monika Neidhart
Umschlaggestaltung, Layout & Satz: novum Verlag

Alle in diesem Buch geschilderten Handlungen und Personen sind frei erfunden. Ähnlichkeiten mit lebenden Personen sind rein zufällig und nicht beabsichtigt.

Gedruckt in der Europäischen Union auf umweltfreundlichem, chlor- und säurefrei gebleichtem Papier.

www.novumverlag.com

Inhaltsverzeichnis

Namen der Personen 6
1. Requiem – Ewige Ruhe 8
2. Dies irae – Tag des Zornes 12
3. Rex tremendae majestatis –
   König schrecklicher Gewalten 20
4. Confutatis – Verdammnis 23
5. Recordare – Erinnerung 33
6. Lacrimosa dies – Tag der Tränen 44
7. Juste Judex – strenger Richter 54
8. Culpa – Schuld 58
9. Rex gloriae – König der Herrlichkeit 68
10. Cor contritum – Zerknirschtes Herz 87
11. Absolutio – Vergebung 95
12. Preces meae – Meine Bitten 101
13. Amen – So sei es 105
Danksagung 110

Namen der Personen

Hugo Benz, Chef Polizeiposten Wettingen
Rolf Bruggisser, Polizeiaspirant
Rosa Lindner, Kommissarin
Hansjörg Bhend, Ermittler
Fritz König, Ermittler
Eveline Berger, Staatsanwältin
Hedwig Benz, Krankenschwester und Frau von Hugo Benz
Silvio Benz, Schreinerlehrling und Sohn von Hugo Benz
Luca Benz, Schüler und Sohn von Hugo Benz
Rainer Burger, Verkäufer bei Peterhans, Gemeindeglied der Spirituellen Christenmenschen
Berte Burger-de Moret, Mutter von Rainer
Franz Burger, Vater von Rainer
Eduarde und Line de Moret, Eltern von Berte Burger-de Moret
Fredi Meier, Gemeinderat Wettingen
Linus Berz, Bauer im Eigi
Dölf Edlin, Weinbauer
Elsy Edlin, Frau von Dölf Edlin
Theres Edlin, Serviererin und Tochter der Edlins
Alois Kaufmann, Bauer im Ruhestand und „Hauswart" vom Sulperg
Felix Kaufmann, Sohn von Alois Kaufmann
Lorenz Kaufmann, Sohn von Alois Kaufmann
Sebastian Kaufmann, Sohn von Alois Kaufmann
Elsbeth Kaufmann, Tochter von Alois Kaufmann
Maria Kaufmann-Wullschleger, Tochter von Alois Kaufmann
Ewald Looser
Andreas Schmid, Schulinstruktor

Frau Mendt
Verena Dissig, Sekretärin von Fredi Meier
Karl Benz, Bruder von Hugo Benz
Molly Benz, Frau von Karl Benz
Leo Abderhalden, Schulfreund von Hugo Benz
Hans Signer, Schulfreund von Hugo Benz
Frau Meier, Mutter von Fredi Meier
Anneliese Keller, Pflegefachfrau im St. Bernhard
Emmi Keller, pensionierte Handarbeitslehrerin
Toni Bär, protegiert Emmi Keller
Johann Schertenleib, Gemeindemitglied der Spirituellen Christenmenschen
Emma Schmid, Bäuerin
Frau Moosberger, Schwester bei Spitex
Albin Zweifel, Ältester der Spirituellen Christenmenschen
Elias Rauchenstein, Sektenführer der Spirituellen Christenmenschen
Rudolf Gantenbein, Prediger der Spirituellen Christenmenschen
Simon Huser, Aktuar bei den Spirituellen Christenmenschen
Elsbeth Zumbühler, Nachbarin
Burhan Erkan, Abfallbeseitiger SBB
Sybille Merian, Betreuerin

1.
Requiem – Ewige Ruhe

„Wir haben einen Toten im Rebberg, Chef", hauchte Polizeiaspirant Bruggisser ins Telefon, seinem Vorgesetzten direkt ins Ohr. Mehr getraute sich Bruggisser nicht zu sagen. Die Umstände waren zu grotesk und verworren, ja sogar peinlich. Er wurde als Erster zu der Leiche gerufen, war als Erster am Tatort! Er als Aspirant bei einer Leiche in Wettingen. So etwas gab es hier noch nie!

„Was?", krächzte Hugo Benz, langjähriger Chef der Polizei Wettingen und jetzt angesehener Polizist der Repol, Regionalpolizei Wettingen-Limmattal, ins Telefon. War Bruggisser von allen guten Geistern verlassen?, schoss es ihm durch den Kopf. Morgens um Viertel vor sechs einen mit so einer Nachricht aus dem Bett zu peitschen, ist doch allerhand. „Nun einmal langsam, Bruggisser. Was hast du gesagt? Im Rebberg liegt ein Toter? Wo genau und warum ist er tot? Ist ein Unglück passiert?"

„Nein, Chef. Es sieht so aus, als wäre er erschlagen worden. Er hat eine große Wunde am Hinterkopf."

„Wo liegt er genau?"

„In der Senke unterhalb des Hofes von Dölf Edlin."

„Ich komme sofort", sagte Benz etwas konsterniert und beendete den Anruf. Für einen weiterführenden Dialog war er im Moment nicht fähig. Einen Erschlagenen hatten wir noch nie im Wettinger Gemeindegebiet, dachte er bei sich. Vielleicht hatte sich der Bruggisser auch getäuscht. Warum war der eigentlich dort? Was lief da ab? Hugo Benz stemmte sich aus dem Bett. Da seine Frau Hedwig Nachtdienst im Spital leistete, musste er sich wohl oder übel aufs Fahrrad schwingen. Das war um diese Zeit die schnellste Variante. Denn ihr gemeinsames Auto, ein alter aber komfortabler Subaru, gehörte bei Nachteinsätzen ganz allein Hedwig.

Bevor er die Situation nicht selbst in Augenschein genommen hatte, wollte er die Kantonspolizei Aarau nicht alarmieren. Vorausgesetzt, Bruggisser hatte das nicht schon gemacht. Verflixt! Das hatte er gar nicht gefragt. Benz war paralysiert. Hatte er das nun richtig verstanden; Bruggisser meldete ihm einen Mordfall? Auch Polizisten können überrumpelt werden. In den Krimis im Fernsehen wurde ja immer gezeigt, dass scheinbar jedes Kind weiß, was genau bei der Auffindung einer Leiche gemacht werden muss.

Es war immer noch dunkel, mittlerweile sechs Uhr morgens. Im November bedeutete das noch Nachtzeit, noch düstere Grauzone zwischen Nacht und Tag.

Zum Glück stand das Velo von Luca, seinem jüngeren Sohn, vor der Garagentüre. Vermutlich hatte er gestern Abend nach später Heimkehr vom Landhockeytraining keine Energie mehr, das Garagentor zu öffnen. Nun gut, für dieses Mal nahm sich Benz vor, diesen Umstand nicht vor die nächste Familienratssitzung zu bringen. Seine Hedwig bestand darauf, nach unzähligen pubertären Streitereien um Nichtigkeiten mit seinen Söhnen Silvio, der bald zwanzig wurde und in einer Schreinerei eine Lehre als Möbelfachmann machte, und Luca, der die Kantonsschule im Kloster Wettingen besuchte.

Warum sollte ausgerechnet in Wettingen und erst noch im Rebberg ein Toter liegen? Wäre es nicht denkbarer gewesen, wenn so etwas an der Landstraße oder in irgendeiner Kneipe passiert wäre?

Es waren ja nur zehn Minuten, höchstens, um mit dem Fahrrad zum Hof von Dölf Edlin zu fahren. Trotzdem erschien es Benz wie eine Ewigkeit. Vor allem begann es schon bald rigoros heller zu werden. Der Tag brach an, mit allem, was er nun bringen sollte. Zuschauer zog es dann auch an. Das war zu befürchten. Immer vorausgesetzt, dass dies alles überhaupt der Wahrheit entsprach und nicht ein Irrtum war, eine Halluzination vom übernächtigten Bruggisser, so wie eine Fata Morgana in der Wüste.

Fast noch im Nebel und im Morgengrauen versunken, standen wirklich zwei Männer in der Senke und schienen ratlos herumzuschauen.

„He", rief Benz und erhielt sofort Antwort:

„Ja, Chef, hier!"

„Was ist denn hier los?!", schnauzte Benz seinen Aspiranten an. Es war keine Frage, sondern eher eine gehässige Feststellung. Denn, dass etwas los war, sah Benz nun selbst. Tatsächlich lag ein Körper am Boden, die Extremitäten unnatürlich verdreht. Da mischte sich Dölf Edlin ein: „Ja, Benz, jetzt gibt's Arbeit. So etwas in Wettingen! Eine Schande! Bis jetzt wussten doch alle, was etwa Usus war: eine Schlägerei oder ein Einbruch oder eine Tussi belästigen, aber einen umbringen? Das ist doch allerhand." Dölf Edlins Entrüstung war nur leise. In der Wirtschaft, da hätte er es herausgebrüllt. Aber im Beisein eines Toten, da musste man doch Respekt bewahren. Da wird nicht gebrüllt.

Benz bückte sich zum Körper herunter, um sich selbst ein Bild zu machen.

„Hast du die Kollegen von der Kantonspolizei alarmiert?", fragte er Bruggisser.

„Noch nicht, ich wusste ja nicht ..."

„Aber Bruggisser, du bist Polizist, kein zufälliger Passant! Du hast doch gelernt, wie man sich verhalten muss, oder? Zudem glaube ich, dass ich ihn kenne. Es ist der Bauer Linus Berz."

Benz suchte umständlich nach seinem Handy und rief selbst an. Er gab Name, Dienststelle, Polizeigrad und Fundort an. Seine Empörung war etwas verflogen. „Trampelt nicht überall herum", murrte er mehr, als dass er es als Anweisung weitergab. „Da kommt das ganze Rösslispiel aus Aarau her. Das hier übernimmt die Abteilung Kapitalverbrechen. Das ist so bei einem außergewöhnlichen Todesfall. So, nun von vorne, Bruggisser: Warum bist du hier, wer hat dich gerufen?"

„Ich war gerade in der Nähe", druckste Bruggisser herum. „Also ich war bei Theres z'Liecht." (auf Brautschau). Theres war die Tochter von Dölf Edlin. Sie arbeitete als Bedienung im Freihof. Ein hübsches, vollbusiges, rothaariges Geschöpf, das den Bruggisser immer mit burschikosen Intimitäten überraschte. Das gefiel ihm von Anfang an. So ein richtiges Vollblutweib, dachte er gleich bei ihrer ersten Begegnung. Und tatsächlich hatte sich Theres auch für ihn interessiert. Das hätte er nie erwartet, schon weil er Polizist war, ein Tschugger, wie Theres sagte. Zudem war er von hagerer Statur, etwas scheu und weltfremd. Er sah sich selbst nicht als Kerl an. Nicht als so einen, wie er ihn Theres zutrauen würde. Aber sie hatte ihn gewählt.

„Also, der Dölf hat mich – hat uns geweckt. Es habe einen Unfall gegeben, sagte er. Aber als ich ihm hinterherrannte, sah ich gleich, dass da etwas nicht stimmte mit diesem Mann, der da lag. Und vor allem sah ich sofort, dass er tot war. Da hab ich halt gedacht, es macht sich gar nicht gut, wenn ich das ganze Rösslispiel herrufe und der Chef weiß noch nichts von alledem. Darum hab ich zuerst dich angerufen und gedacht, es steht doch dir zu, dies zu tun."

„Also wirklich, Bruggisser", spielte Benz den Konsternierten. Aber eigentlich hatte er schon recht. Er war seit fünfundzwanzig Jahren hier Polizeipostenchef. Große Mordfälle kannte er nur aus der Zeitung oder von internen Aufrufen, wenn ein mutmaßlicher Verbrecher gesucht wurde. Aber dennoch dachte er immer mit, rekognoszierte im Geiste Tatorte und sicherte Beweismaterial, das die besten Polizeihunde vom Stützpunkt der Hauptstadt nicht gesichtet und gefunden hätten. Stellte sich vor, wie alle ihn, den Benz, zurate zogen bei speziell heiklen Fällen.

„Also, die Kollegen kommen gleich", sagte Benz und tat so, als ob er sich ganz selbstverständlich in die Reihen der Streifenpolizisten einreihen würde. Von seinen großen Erfolgen bei der Lösung seiner imaginären Mordfälle erzählte er niemandem. Auch dass es ihn insgeheim wurmte, dass sein Talent nicht von den oberen Hierarchien erkannt wurde, verbarg er tief in sich selbst.

Nach außen war er der pflichtbewusste, bescheidene Gemeindepolizist. Einer, der immer das Richtige tat, genau nach Vorschrift. Einer, der wie ein Fels in der Brandung stand, zuverlässig und unumstößlich. Und jetzt das: ein Toter im Wettinger Rebberg!

Requiem aeternam dona eis, Domine, et lux perpetua luceat eis.
Herr, gib ihnen die ewige Ruhe, und das ewige Licht leuchte ihnen!

2.
Dies irae – Tag des Zornes

Lautlos gelang es Rainer Burger den Mann, der andächtig in der Anbetung versunken am steinernen Altar stand, zu erschießen. Es verursachte kaum Lärm, jedenfalls keinen ungewöhnlich lauten Knall, als er den Abzug betätigte. Schließlich war es Herbst und somit Jagdsaison. Man hörte in der Nähe vom Lägernwald immer wieder einen Schuss, auch in den frühen Morgenstunden. Sein verhasster Widersacher, Fredi Meier, sank ganz langsam und still zu Boden. So blieb er genau vor dem Sockel des Altares liegen. Nur das leise Rascheln der dürren Blätter sowie ein Kratzgeräusch der Kiesel schwangen ganz dünn durch die kalte Luft. Der Mann knickte einfach ein. Es gab keine Zuckungen, wie es im Film immer dargestellt wurde. Er drehte sich nicht einmal um, auch nicht mit dem Kopf. Das war gut so, dachte Rainer Burger für einen kurzen Augenblick. Obwohl er sich nach den langen Jahren der Pein, des Verzichten-Müssens und des Verkannt-Werdens seines Genius auch eine letzte Erkenntnis auf dem sterbenden Gesicht hätte vorstellen können. Wie viele Male hatte er diese Tat in Gedanken schon verübt.

Dies irae, dies illa, solvet saeclum in favilla.
Tag des Zornes, Tag der Zähren, wird die Welt in Asche kehren.

So einfach hatte er es sich nicht vorgestellt. Aber die große, die wirkliche Arbeit der Vergeltung stand ihm ja noch bevor. Lange hatte er sich sein Hirn zermartert, wie er seinen Widersacher zuerst einmal stilllegen konnte. Um ihn dann sterben zu lassen und um die große Aufgabe an ihm vollbringen zu können.

Bis ihm ganz beiläufig während einer Nachrichtensendung im Fernsehen über die Bewaffnung des Militärs der Gedanke kam, dass auch er Schweizer Bürger war und somit eine Waffe zu Hause lagerte. Für einen Ernstfall, der ja sowieso nie kam. Und da er zum Offiziersstand gehörte, hatte er sogar eine Pistole, eine SIG P220, im Schaft (Schublade) eingeschlossen. Genauso, wie es Vorschrift war. Eine halb automatische Waffe, die sich mit einer Rückstoßenergie nach jedem Schuss wieder selbst laden konnte, falls es so weit kam, dass er dies brauchte.

Sein Problem löste sich dann schließlich ganz einfach.

Einige Details brauchten eine exakte und gut durchdachte Vorbereitung, gepaart mit einer eloquenten Beredsamkeit, um keinen Verdacht aufkommen zu lassen.

Beim Kauf der Seile bei Arova-Mammut in Seon fühlte er sich auf eine eigenartige Weise verpflichtet, über den Verwendungszweck der Seile zu berichten. Gekonnt hatte er von Leistungen der Bergsteigerkunst rezitiert, die er einmal in einem Einband über die Besteigung der Eiger-Nordwand gelesen hatte.

Schließlich war die Arova-Mammut ein traditionsreiches, altes Unternehmen. Aus einer Not heraus, die die Bauern im 18. und 19. Jahrhundert zu Nebenverdiensten zwang, um überleben zu können, betrieben die meisten nebenher noch ein Handwerk. Die Baumwollweberei und die Strohflechterei brachten zusätzlichen Verdienst.

Von Kaspar Tanner wurde die Seilwarenfabrik, als Nebenprodukt der Ziegelbrennerei, im Jahre 1862 in Dintikon gegründet. Schon 1878 wurde sie aus Platzgründen ins Städtchen Lenzburg verlegt.

Genau da sah er aber auch die Parallelen zu seinem Leid. Auch er handelte aus einer tiefen Not heraus. Allerdings drohte ihm nicht der Hungertod, aber die Rettung der Welt hing davon ab, insbesondere die von Wettingen. Der Bevölkerung, Legislative, Exekutive sowie Judikative, mussten endlich die erlösenden und befreienden Ansätze seiner humanitären Ideen nähergebracht werden. Er stellte sich vor, wie Gruppen von Menschen auf der Landstraße, im Café Spatz, vor den Kirchen und in den Wettinger Grünanlagen sich versammelten und erleichtert aufatmeten.

In den Zeitungen wäre es zu lesen: *Noch zur rechten Zeit konnte in Wettingen Rainer Burger das Steuer für ein humanitäres und christlich geprägtes Zusammenleben herumreißen. Burger musste sich zwar den Weg zum Gemeindeammann mühselig freischaufeln. Aber es hat sich gelohnt. Für große Ideen muss man Opfer bringen.*

Beim letzten Affront mit Fredi Meier warf ihm dieser mitten ins Gesicht, er leide an einem religiösen Wahn. Welche Verkennung! Und dies gerade von Fredi, der ja eigentlich katholisch war, aber nie in der Nähe einer Kirche gesehen wurde. Es sei denn, er war in Mission der Gemeinde unterwegs und es ließ sich nicht vermeiden. Wie etwa beim Festgottesdienst anlässlich des „Wettiger Fäscht. Nein, Fredi Meier hatte es sich zur Gewohnheit gemacht, hier, ganz alleine für sich zu sinnieren. Beten wollte Rainer Burger dies nicht nennen. Das wäre reine Häresie (kirchliche Irrlehre) gewesen.

So einer musste ihn auf der Glaubensebene angreifen und beleidigen. Da musste er rigoros durchgreifen. Dieser moralische Zerfall, der von einigen Gemeinderäten ausging, musste zugunsten des Gemeindewohls gestoppt werden.

Beim Gedanken, dass diese Mordtat umständehalber gerade bei der Marienkapelle geschehen musste, überkam ihn eine gewisse Scham. Auch dass ausgerechnet das steinerne Kreuz mit dem Corpus Christi genau auf den Schandfleck gerichtet war, gab ihm ein flaues Gefühl in der Magengegend. Wenn er sich daran erinnerte, wie er als Knabe jeweils am 15. August, an Mariä Himmelfahrt, mit den anderen Kindern auf dem Sulperg gespannt mitverfolgte, wie der Priester die Kräuter segnete, verstärkten sich seine Gewissensbisse noch mehr. Fredi Meier meditierte aber nun einmal am steinernen Altar neben der Marienkapelle auf dem Sulperg. Das Kreuz, das den Leichnam aufnehmen musste, stand ebenfalls auf der Westseite des Sulpergs. Es gab also keine andere Lösung. Nun gut, er selbst war weder katholisch noch esoterisch gepolt. In seiner Überzeugung war ja gerade nicht die katholische Kirche, sondern die Gemeinschaft der Spirituellen Christenmenschen die einzig wahre Kirche. Der Heilige Stuhl in Rom mitsamt seinem Gefolge unterlag da einem gewaltigen Irrtum. Er aber, Rainer Burger, brauchte nicht die ganze Welt zu retten, wohl aber seine geliebte Heimatgemeinde Wettingen. Mit der Zeit kehrte sich das Gefühl aber in eine leichte Verzückung. War es nicht Ironie des Schicksals, dass sein Feldzug der religiös-ethischen Säuberung an einem Wallfahrtsort begann? Auch die Marienkapelle des Sulpergs hatte eine bewegte Geschichte. Schon der Erbauer, Bartholomäus Würsch, seines Zeichens Baumeister in Wettingen, vermachte damals sein Vermögen drei anderen, um diese Kapelle zu bauen. Die erste Urkunde geht auf den 13. März 1738 zurück. Dann herrschte lange Unklarheit, wem nun die Kapelle gehöre. Lagen die Eigentumsverhältnisse bei der Gemeinde oder beim Kloster? Gebaut wurde sie auf dem Grund und Boden des ehemaligen Klosters Wettingen. Die Klosterverwaltung musste sich auch um den baulichen Unterhalt kümmern. Die Wege und Zugänge jedoch wurden von der Gemeinde unterhalten. Die Baudirektion zweifelte an den rechtmäßigen Eigentumsverhältnissen der Klostergutsverwaltung. Urkunden konnten diesen Anspruch nicht belegen. Schließlich ging die Kapelle im Jahre 1878 in den Besitz der katholischen Kirche über. Damals wie heute musste um Rechte und Überzeugungen gekämpft werden.

$$\Omega$$

Ein ungeheurer Kraftakt stand ihm noch bevor. Er hatte alles feinsäuberlich geplant. Ganz Wettingen musste seine erlösende Tat sehen. Langsam band er die Mammutseile an den Beinen des erschossenen Fredi Meier fest. Glücklicherweise ging der Waldweg kontinuierlich bergab. So musste er sogar noch aufpassen, dass der Leichnam nicht in Fahrt geriet und außer Kontrolle hinunterrollte. Mit Seilwinden konnte er ihn in die richtige Position hinaufziehen. Denn wie Jesus sollte er am Kreuz hängen.

Tuba, mirum spargens sonum. Per sepulcra regionum,
coget omnes ante thronum.
Laut wird die Posaune klingen, mächtig in die Gräber
dringen, hin zum Throne alle zwingen.

Der Gekreuzigte bedeutete eine Umkehrung der Machtlogik. Wie vor 2000 Jahren! Da wurde der Nazarener von Politik und Klerus ermordet, weil er gegen soziale Ungerechtigkeit kämpfte. Seine Auferweckung zeigte aber, wer in Wirklichkeit der Mächtige ist. Der Tod hatte nicht das letzte Wort. Aus dem vermeintlichen Aufrührer entstand eine Weltreligion. Nun, 2000 Jahre später, wird sich noch einmal zeigen, dass die Ehrfürchtigen siegen werden. Diese Kreuzigung wurde nicht von oben nach unten begangen, sondern von unten nach oben. Er, der heute für soziale Ungerechtigkeit kämpfte wie vor 2000 Jahren der Nazarener, kreuzigte heute seine Widersacher, dieses ungläubige und unethisch handelnde Pack. Er, einer aus dem Volke, war in der Lage diesen Missstand zu beheben. Eine politische Brisanz. Jeder Wettinger würde schnell auf die Hintergründe dieses Gekreuzigten kommen, wenn er denn morgens seinen Blick auf den Sulperg richtete und den Gemarterten sah. Rainer Burger war überzeugt, dass seine Botschaft verstanden würde. In seinen Gedanken festigte sich die Idee, dass die Bevölkerung unter dem sittlichen Zerfall einiger Gemeinderatsmitglieder litt, nicht zuletzt er selbst. Und dass ihm alle dankbar sein würden, wenn er aufräumte mit diesen Berserkern (im Rausch kämpfenden Menschen), denen nichts mehr heilig war.

Mors stupebit et natura, cum resurget creatura,
Judicanti responsura.
Schaudernd sehen Tod und Leben sich die Kreatur
erheben, Rechenschaft dem Herrn zu geben.

Burger hatte sich immer enorm engagiert in sozialen Dingen. Überall, wo eine helfende Hand gebraucht wurde, war er zu Hilfe geeilt. Ob er am Suppentag mithalf oder am „Wettiger Fäscht

(Volksfest in Wettingen) bei der Festwirtschaft einsprang, weil niemand sonst zu finden war. Ob er am Weinfest die Flaschen auf den Lindenplatz schleppte oder ob er Betagte im regionalen Pflegeheim besuchte – er war da! Wo immer Wettingen einen seiner Söhne brauchte, konnte man auf ihn zählen.

Liber scriptus proferetur, in quo totum continetur,
Unde mundus judicetur.
Und ein Buch wird aufgeschlagen, treu ist darin eingetragen, jede Schuld aus Erdentagen.

Schon seit Jahren hätte er einen Sitz im Gemeinderat verdient. Seine Loyalität, sein Engagement, seine unverrückbare Liebe zur Gerechtigkeit und Menschlichkeit und seine Bescheidenheit zeichneten ihn aus. Der ganze Ort verkannte ihn total. Die, die immer zuvorderst standen und sich gut verkaufen konnten, die wurden gewählt. Am Neujahrsapéro auf dem Zentrumsplatz Glühwein ausschenken und sich hervortun, überall lieb Kind sein, das war keine Leistung. Aber anpacken, wenn es Arbeit gab, sich nicht scheuen, wenn es ums Altwerden und Sterben ging, da sah man keinen von diesen Gemeindekarrieristen. Die wollten seine Stimme auch gar nicht hören. Wie wenn er ein Nichts wäre behandelten sie ihn. Eine Ausnahme bildete nur der Johann Schertenleib. Er war ein Gemeindemitglied der Spirituellen Christenmenschen, genau wie Rainer Burger selbst. Hätte man ihn gewählt, wäre eine andere Zeit angebrochen. Den Hedonismus (nach Lust und Freude streben) hätte er bekämpft. Die Menschen würden wieder ihre christliche Pflicht der Nächstenliebe leben. Alle bekämen die große Chance, sich den unfehlbaren Grundregeln der Spirituellen Christenmenschen zu unterwerfen und Gnade vor Gott zu finden.

Absolve, Domine, animas omnium fidelium defunctorum ab omni vinculo delictorum.
Löse, o Herr, von jeder Fessel der Sünde die Seelen aller, die hingeschieden im Glauben.

Es war eine enorme Anstrengung, Fredi Meier am Kreuz festzubinden. Rainer Burger wollte ihn nicht nageln, obwohl dieser Kerl es wahrhaftig verdient hätte. Aber als er sich vorstellte, wie er den Nagel ins Fleisch treiben musste, überkam ihn eine eigenartige Übelkeit. Gerne hätte er etwas mehr von der brutalen Härte seines Vaters mitbekommen. Der schreckte vor nichts zurück, konnte jede Handlung unter den Mantel der Christenpflicht stellen.

Quantus tremor est futurus, quando judex est venturus, cuncta stricte discussurus!
Welch ein Graus wird sein und Zagen, wenn der Richter kommt, mit Fragen streng zu prüfen alle Klagen!

Mittlerweile wurde es langsam Morgen. Es galt noch die Seile zusammenzurollen und dann wollte er zu Hause ausharren, bis die erste Kunde über diese Kreuzigung zu ihm drang.

Plötzlich aber fühlte er so etwas wie einen Stich im Rücken, genau hinter ihm. Jemand beobachtete ihn! Konnte es wirklich sein, dass seine Vergeltung zu scheitern drohte? Nein! Das konnte und durfte nicht sein. Langsam, fast unmerklich drehte er sich um. Da – in den ersten hellen Schattierungen, wo die Nacht in den Tag überging – sah er Linus Berz. Der war sicher auf dem Heimweg ins Eigi. Es war ja bekannt, dass der Berz die Nächte durchzechte und sich dann wie ein Hund davonschlich.

Linus Berz duckte sich und schlurfte ganz leise etwas unterhalb der Wiese gegen den Naturweg hin, der ihn nach Hause führte. Fast kauerte er da und versuchte diese grausige Beobachtung nicht zu sehen, diesen wahnsinnigen Schächer nicht beobachten zu müssen. Er wünschte sich, dass dieses Geschehen nur böse Einbildung war, böse Geister, vom Wein hervorgerufen.

Preces meae non sunt dignae, sed tu bonus fac benigne, ne perenni cremer igne.
Zwar nicht würdig ist mein Flehen, doch aus Gnaden lass geschehen, dass ich mög' der Höll' entgehen.

Auch Linus Berz merkte, dass er entdeckt wurde. Er rannte davon, so schnell wie noch nie in seinem Leben. Er rannte den Hang des Sulperges hinunter, über die schmale, kleine Brücke in den Friedhof Brunnenwies, durch die Gräberreihen bis zur Abdankungshalle, rechts vorbei zum Ausgang ganz im Norden, die Bergstraße überquerend, durch die Siedlung zur Hinteren Höhenstraße. Er konnte keinen klaren Gedanken fassen, wusste nicht, wo er sich verstecken könnte. Nur weg von hier! Plötzlich fand er sich am Fuße des Rebbergs wieder. Sollte er sich da zwischen den Reben verstecken? Er blickte zurück. Trotz seines Tempos war dieser Wahnsinnige nur wenige Meter hinter ihm. Seine Gedanken begannen sich in seinem Gehirn zu überschlagen. Es war Rainer Burger. Er hatte ihn eindeutig erkannt. War der total durchgeknallt? Rainer Burger war doch ein ehrwürdiger Wettinger. Einer, der überall mitmachte und die Gemeinde unterstützte, wo er nur konnte. Wie konnte das nur sein, dass dieser Mann dermaßen jede Balance verlor? Nein, das konnte nicht sein! Doch er war sich ganz sicher! Andererseits fand er Rainer Burger immer etwas eigenartig, verklemmt. Er hätte nicht sagen können, wie genau er einzuschätzen war. Burger war ihm einfach unsympathisch, pedantisch auf seine Meinung versessen. Oft schien er ihm unangenehm nett und doch fast hysterisch, wenn man ihm nicht zustimmte, mochte die Angelegenheit noch so banal sein. Rainer Burger war ein verkappter Gemeindeammann. Jeder wusste, dass Burger unermüdlich versuchte, in den Gemeinderat gewählt zu werden. Bei Festen benahm er sich wie ein Ratsmitglied. Er schien von dem Wunsch besessen zu sein. Im Wirtshaus machten deswegen derbe Witze die Runde am Stammtisch. Dann wurde es dunkel um Linus Berz. Hätte er überlebt, hätte er nichts zum Tathergang sagen können. Es ging sehr schnell, ein sauberer Schlag auf den Hinterkopf mit einem noch nassen Pflasterstein.

Propitiare, quaesumus, Domine, animae famuli tui Linus.
Herr, wir bitten, sei der Seele deines Dieners Linus gnädig.

3.
Rex tremendae majestatis – König schrecklicher Gewalten

Der Bauer Alois Kaufmann, war ein redseliger Mann, der aber das Herz auf dem rechten Fleck hatte. Sein Hof war schon seit der fünften Generation in Familienbesitz. Aus dem Leben seiner Vorfahren wusste er eigentlich nur, dass alle fleißig und ehrbar waren. Die Männer schufteten auf dem Feld oder im Rebberg und die Frauen leisteten Schwerstarbeit im Haus, unter primitivsten Bedingungen, wie es früher war. Daneben waren sie ewig schwanger. Sie gebaren Kinder bis zu ihrem eigenen Ende. Denn die braven Leute waren katholisch. Sie gehörten zum Kloster Wettingen. Seit seiner Gründung am 14. Oktober 1227 durch Freiherr Heinrich II. von Rapperswil, der durch wundersame Weise aus einer Seenot gerettet wurde und seine Besitztümer in Wettingen der Reichsabtei Salem schenkte, war das Kloster Wettingen der wichtigste Grundherr in der Region. Die Mönche mussten bald Land auf der anderen Limmatseite bebauen und neue Höfe als Leihgabe den Bauern stellen.

Während der Reformation trat die Mehrheit der Bevölkerung zum neuen Glauben über. Aber schon nach dem zweiten Kappeler Krieg von 1531 wurden sie rekatholisiert. Seither waren die Wettinger katholisch. Dies schlug sich auch in der Familienplanung nieder. Die Kinder kamen, solange die Männer noch Leistung vollbringen konnten. Die Frauen ergaben sich gnädig. Auch Alois Kaufmann wuchs noch mit zehn weiteren Geschwistern auf dem elterlichen Hof auf. Selbst brachte er es auf die stattliche Zahl von fünf Kindern, zwei Mädchen und drei Buben.

Er konnte als Ältester den Hof übernehmen, wie zuvor sein Vater und sein Großvater und zuvor dessen Vater. Die Nachfolge war immer gesichert. Bis seine Söhne sich weigerten, Bauern zu werden. Felix, der ältere, wurde Pfarrer, Lorenz und Sebastian gingen nach Baden in die Industrie. Nur so gehörte man eben dazu, verdiente Geld und konnte Ansehen erlangen. Wollte er seinen Söhnen verübeln, dass sie auch Opportunisten waren? Die beiden Töchter heirateten früh. Elsbeth zog mit ihrem Mann nach Luzern. Er arbeitete am Billettschalter im Verkehrshaus. Alois Kaufmann hätte auch ihm den Hof übergeben, wenn er nur Interesse gezeigt hätte. Maria blieb in Wettingen. Sie wohnte im Hochhaus in der Seminarstraße. Ihr Mann, Ernst Wullschleger, war ein Playboy, ein Nichtsnutz. Er war Lagerist bei der Alstom, kein anspruchsvoller Job. Aber er benahm sich so, wie wenn er die rechte Hand des Verwaltungsratspräsidenten wäre. Zudem hatte er eine Liaison um die andere. Die Frauen schienen reihenweise auf diesen Schwätzer und Plagöri (Prahler) hereinzufallen. Maria litt darunter, beklagte sich aber nie. Alois Kaufmann blieb nach dem Tod seiner Marta verbittert und allein auf dem Hof zurück. Bewirtschaften konnte er sein Land nicht mehr. Er war kraftlos und alt geworden. Seine Haut glich einer Kartoffel aus der vorjährigen Ernte und der Rücken beugte sich immer mehr. Seine Glieder waren von der Gicht verkrümmt, sodass er oft Mühe hatte, einen Spaten zu umklammern. Die Kinder wollten ihn ständig überreden, nach Spanien zu ziehen. Dort könnte er ein Haus kaufen und in der Sonne liegen. Geld genug habe er ja. Aber das bedeutete keine Lebensqualität für Alois Kaufmann. Er gehörte zu denen, die bebauen und anbauen, und zwar unter der Sonne, und nicht zu denen, die in der Sonne lagen.

Alois Kaufmann übernahm es, quasi als eine Art von Haus- oder Platzwart, den Sulperg sauber zu halten. Er jätete das Unkraut um das Kreuz und um die Sitzbank, die die Besucher zur Ruhe einlud.

Im Herbst, wenn die ersten Stürme das Laub zu Boden fegten, kehrte langsam Ruhe ein. Alois Kaufmann ging nur noch jeden zweiten Tag hinauf zum Kreuz, um nach dem Rechten zu sehen.

An diesem Morgen war es fast noch dunkel, als er sich auf den Weg machte. Er war gern so früh morgens in der Natur. Oft sah er zu, wie unten im Dorf die Leute erwachten und in einen irrsinnig rasanten Tag starteten. Wie sich die Autos auf der Landstraße häuften und zum morgendlichen Stoßverkehr anwuchsen.

Er traute seinen Augen nicht! Am Kreuz hing etwas. Natürlich sah er sofort, dass es eine menschliche Gestalt war, aber er glaubte es nicht. Alois Kaufmann meinte, sich zu täuschen. Es konnte nur so sein!

Als er näher kam, setzte sein Herzschlag für einen kurzen Moment aus. Behände lief er die steilen Treppen des Sulpergs wieder hinunter. Im ersten Haus, beim Ewald Looser schlug er Alarm. Ewald war schon auf, aber noch misslaunig, ein Morgenmuffel eben.

„Wenn das nicht stimmt, Kaufmann! Dann musst Du mir keinen Fuß mehr in meine Stube setzen!"

Rex tremendae majestatis, qui salvandos salvas gratis, salva me, fons pietatis.
König schrecklicher Gewalten, frei ist deiner Güte Schalten, Gnadenquell, lass Gnade walten.

4.
Confutatis – Verdammnis

An beiden Tatorten wurde gearbeitet, gesucht, sichergestellt und analysiert. Hugo Benz, der im Rebberg die Gaffer zurückhalten musste, wurde, wieder auf dem Polizeiposten an der Landstraße, über die Einzelheiten des Gekreuzigten auf dem Sulperg, persönlich von der Staatsanwältin der Staatsanwaltschaft Baden, Eveline Berger, unterrichtet.

Für einen Moment verlor Hugo Benz die Beherrschung. „Ja, wo sind wir denn? Wo leben wir eigentlich? Zwei Morde hier bei uns in Wettingen! Und das alles an einem Tag! Herrgott noch mal, sind denn plötzlich alle wahnsinnig geworden?"

Zuständig für die Ermittlung in diesen Mordfällen wäre zuerst einmal die Kapo Aargau. Eveline Berger wollte dafür sorgen, dass einer außerordentlich kompetenten Kommissarin mit Erfahrung bei Kapitalverbrechen, sprich Mord, die Fälle übertragen würden. Diese habe auch enorme Kenntnisse von Handfeuerwaffen. Der Gekreuzigte wurde offenbar zuerst erschossen und dann quasi ans Kreuz geseilt. Hugo Benz wurde abberufen, um die Kripo bei den Ermittlungen zu unterstützen. Die Spusi (Spurensicherung) und der Bezirksarzt waren abgezogen. Anscheinend war ihr Einsatz nicht von großem Erfolg gekrönt. Der tagelange Regen und die vielen Fußabdrücke der Weinlesearbeiter erlaubten am Rebberg keine eindeutige Spurensicherung. Hingegen am Sulperg konnten die Kriminaltechniker genau nachvollziehen, wie sich das Verbrechen abgespielt hatte. Da aber keine Augenzeugen gefunden werden konnten, lag eine mögliche Identität der Mörder bei beiden Fällen völlig im Dunkeln. Zudem musste überhaupt zuerst einmal geklärt werden, ob es sich um ganz normale Gewaltverbrechen oder um die Taten von Verrückten handelte. Es war auch noch nicht klar, ob beide Morde zusammenhingen oder nicht. Die Identifizierung der Opfer war hingegen einfach gewesen. Beide waren sehr bekannt in Wettingen und konnten sofort identifiziert werden.

Erst am Abend kam Hugo Benz heim. Hedwig und seine Söhne, Silvio und Luca, wussten schon Bescheid. Obwohl Wettingen ein großes Dorf war, entging niemandem das enorme Polizeiaufgebot am Sulperg, im Rebberg und im alten Dorfkern.

Wettingen hätte die Stadtgröße schon lange erreicht. Aber die Bevölkerung stimmte einer Ernennung zur „Stadt Wettingen" nicht zu.

Alle drei sahen ihn betreten an, als er die Tür aufschloss und müde den Ledermantel an einen Bügel hängte und bei der Garderobenöffnung in die Reihe der anderen Mäntel seiner Familie einreihte.

Luca hielt das Warten als Erster nicht mehr aus. Er trat dem Vater mit einem bewundernden Ausdruck im Gesicht entgegen. Sonst bewunderte er seinen Vater gar nicht. Im Gegenteil, er schämte sich oft bei seinen Schulkollegen für die kleinbürgerlichen Ansichten seines Vaters. Auch die altmodische Art, wie er seiner Meinung nach die Welt betrachtete und das spießige Getue nervten ihn oft. Hugo Benz war auch nicht das, was man sich unter einem coolen Polizisten vorstellte. Er war nicht sehr groß, dafür korpulent. In Modefragen kannte er sich überhaupt nicht aus. Es interessierte ihn auch nicht. Wenn er einmal nicht in Uniform erschien, trug er immer seine Manchesterhose und ein kariertes Hemd dazu. Manchmal passten die Farben überhaupt nicht zusammen. Aber wenn Hedwig nicht zu Hause war, nahm er einfach das erstbeste Hemd und die zuvorderst hängende Hose aus dem Schrank. In der kalten Jahreszeit trug er schon seit Menschengedenken einen schwarzen Ledermantel. Seine Haare begannen an den Schläfen grau zu werden. Auch sein Fünftagebart, den er nur aus Faulheit trug, wurde langsam grau. Dafür hatte er keine Glatze, wie viele andere Männer in seinem Alter. Mit der fleischigen Nase, aber in einem liebenswürdigen Gesicht, war er eine wahrhaft kurlige (eigenartige) Erscheinung. In der Kanti (Kantonsschule im Kloster Wettingen) hatte man gefälligst zeitgemäße Eltern, wenn man dazugehören wollte. Aber heute wussten alle, dass der Benz auch da oben war. Er mischte auch mit, mit diesem riesigen Pulk von Polizei, Spurensicherung, Arzt und Leichenwagen. Seine Mitschüler fragten Luca aus, ob er schon etwas Genaues wüsste. Ob der Bauer Kaufmann fantasiert habe im Freihof, oder ob wirklich zwei Leichen in Wettingen gefunden worden seien. Die ganze Klasse scharte sich um Luca. In den Pausen kamen auch die anderen Kanti-Schüler dazu. Luca stand plötzlich im Rampenlicht. Er war der Mittelpunkt auf dem Klosterhof.

„Was war los da oben?", fragte Luca. „Lass mich erst absitzen, Luca", sagte Hugo Benz mit matter Stimme. Er ließ sich schwerfällig auf einen Küchenstuhl fallen. Hedwig rührte noch einmal im Suppentopf. Sie wollte ihren Mann, der heute einiges mitmachen musste, so schnell wie möglich versorgen. Silvio und Luca setzten sich vis-à-vis an den Tisch. „Ja, es stimmt! Wir haben eine Leiche im Rebberg und eine auf dem Sulperg." „Ja, sag schon. Wer ist es? Warum und wie ist das passiert? Waren das Morde?", drängte nun auch Silvio. Hugo Benz wies beide zurecht. Es sei nicht spannend, sondern grauenvoll, was da passiert ist. Nun wäre es definitiv vorbei mit der heilen Welt in Wettingen. Sie sollen sich doch einmal vorstellen, was das auch für sie bedeute. Könnten sie selbst noch sicher sein, dass sie unbehelligt spät abends nach Hause kämen? Und wenn sie selbst einmal Familie hätten: Könnten sie dann ihre Frauen und Kinder unbesorgt in den Tag entlassen? Bis dahin war Wettingen ein Kleinod an gutem Zusammenleben. Nie hatte es größere Delikte gegeben. Es wurde gelogen und gestohlen und ab und zu wurde jemand bedrängt. Aber man konnte sicher durch die Straßen ziehen, auch nachts. Mit den Ausländern ging der Alltag mehr oder weniger reibungslos so nebeneinanderher. Und jetzt war diese heile Welt unheilvoll geworden. Niemand konnte mehr hundertprozentig sicher sein, dass ihm nichts passierte, dass er unbehelligt nach Hause kam, und niemand konnte mehr sagen: Bei uns in Wettingen kommt so etwas nicht vor.

„Na, Hugo, iss erst einmal die Suppe. Du musst ja völlig erschöpft und ausgehungert sein", mischte sich nun Hedwig ein. Hugo und Hedwig Benz saßen bis weit in die Nacht hinein mit ihren beiden Söhnen am Küchentisch und disputierten über die Ereignisse. Ein Umstand, der so schon lange nicht mehr gelebt wurde. Normalerweise verzogen sich Silvio und Luca gleich nach dem Essen und gingen ihrer eigenen Wege. Sogenannte „negative Ereignisse" schweißt eben Menschen zusammen. Das sah man ja auch immer wieder im Fernsehen. Wenn bei eisiger Kälte und Schneetreiben die Züge nicht mehr fahren konnten, brachten es die Leute tatsächlich fertig, miteinander zu reden und sich gegenseitig zu unterstützen. Wo sie sich sonst morgens gehässig anschnauzten oder abends mit ihren Handys ganze Zugabteile mit banalem Geschwätz terrorisierten.

$$\Omega$$

Hugo Benz hatte eine schlechte Nacht. Er wälzte sich im Bett und fand nur oberflächlichen Schlaf. Am Morgen, als er in den Polizeiposten an der Landstraße kam, sein Büro lag im ersten Stock, war Rolf Bruggisser schon da.

„So, die Mordfälle werden also von Rosa Lindner übernommen", sagte Bruggisser als eine Art Begrüßung. „Ja, was hast du denn erwartet, Rolf? Wir haben keine Mordfälle zu lösen, wir sind nur ganz stinknormale Polizisten", schmetterte Hugo Benz förmlich in den Raum. Er hätte es sich schon zugetraut. Es hieß ja wirklich nicht, dass ein Kriminalist nur von der Praxis lernen konnte. Auch er, Hugo Benz, befasste sich seit Jahrzehnten mit den prominenten Mordfällen. Jack the Ripper hätte er das Handwerk gelegt. Dieser brutale Serienmörder, der Prostituierte in London richtiggehend abschlachtete, wäre zu fassen gewesen. Davon war Benz überzeugt. Nun, heute war es schwierig, die Kriminalistik von 1888 zu beurteilen. Aber die Polizeiakten zum Fall waren lückenhaft. Schnell wurden damals Obdachlose von Whitechapel verdächtigt, dann vermutete man einen polnischen Juden hinter den Taten. Verdächtigt wurden auch ein Homosexueller, ein russischer Arzt, der früher einmal straffällig geworden war, und ein amerikanischer Quacksalber. Theorien gab es viele. Dingfest machen konnte man Jack the Ripper nicht. Die Morde hörten einfach plötzlich auf. Erfolge vorzeigen und die Massen besänftigen, das waren immer die ersten Bestrebungen der Polizeiverantwortlichen. Das war ja immer noch so.

Um hier in Wettingen Erfolg zu haben, setzte ihnen die Kripo Aarau diese Kommissarin, Rosa Lindner, vor die Nase. Es ging ja gar nicht darum, dass Benz die Autorität einer Frau infrage gestellt hätte. Nein, Frauen waren clever. Das bewies ihm seine Hedwig jeden Tag. Als sie heirateten, war klar, dass er das Geld verdiente und Hedwig die Organisation der Familie übernahm. Hedwig wusste auf alles eine Antwort und stand für alle Belange ihrer kleinen Familiengemeinschaft ein. Schon als ganz junge Frau war sie breitschultrig, wie man es eher von Frauen in mittleren Jahren kennt. Sie musste ja auch viel auf ihren breiten Schultern tragen. Ihre Kindheit im Wehntal war alles andere als schön. Als Bauerntochter musste sie im Stall und auf dem Feld mithelfen. Als der Vater starb war Hedwig erst zwölf Jahre alt. Von da an musste sie noch mehr mit anpacken und der Mutter und den zwei Brüdern, die selbst noch keine zwanzig waren, tatkräftig unter die Arme greifen. Als sie später Krankenschwester wurde, brauchte sie Kraft, um die Kranken zu pflegen und um die vielen Schicksalsschläge, die sie jeden Tag miterlebte, zu verarbeiten. Hedwigs oranges, lockiges Haar hatte ihn extrem angezogen. Er fand die Sommersprossen im Gesicht und auf den Armen sehr sexy. Wenn sie lachte, ergoss sich ein richtiges, fröhliches Etwas auf ihn. Seine finsteren Launen konnte nur Hedwig wegwischen. Und irgendwie machte diese helle Aura sie feingliedrig und zart, wie Frauen eben aussehen müssten. Frauen waren aber gerade nicht das schwache Geschlecht! Das erlebte er zur Genüge.

Ω

Rosa Lindner war im Büro nebenan, dort, wo normalerweise Andreas Schmid, der Schulinstruktor arbeitete, wenn er nicht gerade mit den Schülern die Verkehrstauglichkeit einübte. Sie hatte ein kleines Notebook mitgebracht und war in ihre Arbeit vertieft. Hugo Benz klopfte an die Tür und trat ein, um Rosa zu begrüßen. Sie kannten sich aus Polizei-Fortbildungslehrgängen. Anscheinend hatte sie die Unterhaltung mit Bruggisser nicht gehört.

„Hugo, gut, dass du kommst. Du kannst mir sicher etwas über die Opfer erzählen. Du kennst ja sicher deine Pappenheimer, oder?", flötete Rosa Lindner.

„Ja, der Tote im Rebberg, Linus Berz, war fünfundvierzig Jahre alt und immer noch Junggeselle. Kein Wunder, denn wenn irgendwo gefeiert wurde, war er dabei. Er gehörte zu den Gästen, die sicher nicht vor dem Morgen gingen und sicher nicht mehr nüchtern waren, wenn sie denn endlich gingen. Aber dass der Linus Feinde gehabt haben könnte, die ihn sogar töten wollten, das hätte ich nie gedacht. Er war Bauer im Eigi. Sein Hof brachte sicher nur so viel ein, dass er gerade überleben konnte. Reich werden konnte er damit bestimmt nicht. Das heißt, man konnte ihm auch nichts wegnehmen. Deswegen wurde er sicher nicht ermordet", antwortete Hugo Benz.

„Vielleicht war es aus Eifersucht. Ein rasender Ehemann, dessen Frau sich in den Linus verguckt hatte", sagte Rosa Lindner. „Oder hat er gespielt und seine Schulden nicht bezahlt?"

„Nein, der Linus war nicht der Typ, auf den Frauen fliegen. Er war zwar groß, aber enorm schlaksig. Für sein Alter hatte er sehr schütteres Haar, war immer ungepflegt. Zudem war er unzuverlässig und soff zu viel. Mir kam es immer so vor, wie wenn er vom Leben enttäuscht gewesen wäre und resigniert hätte. Er arbeitete auf dem elterlichen Hof. Die Mutter ist schon lange tot. Aus Kummer gestorben, weil der Vater auch nicht besser war als Linus. Der Vater lebt heute ruhig und zurückgezogen auf dem Hof", kommentierte Hugo Benz.

„Hast du den Vater informiert?", fragte ihn Rosa Lindner.

„Nein, die Staatsanwältin, die zum Tatort gerufen wurde, fuhr anschließend gleich hinaus. Der Vater habe am Küchentisch gesessen und nicht sichtlich reagiert, sagte sie. Anscheinend muss sich der Sozialdienst um ihn kümmern. Er kann nicht alleine dort draußen bleiben. Viecher hat er zum Glück keine. Er war in den letzten Jahren nur noch Bauer ohne Viehhaltung, bestellte nur noch seine Felder", antwortete Hugo Benz.

„Eveline Berger hat diesen Fall übernommen, gell? Die soll ein scharfer Hund sein, was ich so von ihr gehört habe. Da kann sich der Täter freuen, wenn ich ihn gefasst habe", lächelte Rosa Lindner.

„Also rechnest du damit, dass du bald Erfolge erzielen kannst?", fragte Hugo Benz und wunderte sich, wie ein Mensch so von sich eingenommen sein konnte.

Ohne auf diese Frage zu reagieren, resümierte Rosa Lindner weiter: „Der zweite heißt Fredi Meier. Er ist ein angesehener Bürger in Wettingen. Er ist Mitglied des Gemeinderates und hat eine Immobilien-Agentur in der Landstraße. Er gilt als wohlhabend, lebt alleine in einer sehr modernen Wohnung am Kreuzkapellenweg. War er schwul?", fragte Rosa Lindner und sah Hugo Benz direkt in die Augen. So, als ob sie in seinem Gesicht und an seiner Reaktion seine Einstellung gegenüber Homosexuellen ablesen wollte.

„Nicht dass ich wüsste. So etwas würde sich in Wettingen schnell herumsprechen. Aber von einer Liebschaft weiß ich auch nichts." Hugo Benz schaute weg. Der direkte Augenkontakt war ihm unangenehm.

„Was war er für ein Mensch?", bohrte Rosa Lindner weiter.

„Er ist auch fünfzig geworden dieses Jahr. Wir haben den gleichen Jahrgang, sind miteinander in die Schule gegangen. Fredi gehörte immer dazu. Schon als Schulbub scharte er immer die Jungs aus der Klasse um sich. Dabei war er nicht stark oder vorlaut, was eben in diesem Alter so zählt. Er war zwar groß, aber schmal gebaut. Aber er war sehr intelligent. Er konnte gut reden. Es gelang ihm einfach immer, gehört und bewundert zu werden. Nach dem Studium ging er einige Jahre nach England. Ich weiß nicht genau, wo er da war. Auf jeden Fall kam er ungefähr mit fünfundzwanzig zurück und gründete gleich seine

Immobilien-Agentur. Er wurde mit verschiedenen Frauen in Zusammenhang gebracht. Irgendwie wurde aber aus keiner Beziehung, die er hatte, so richtig ernst. Schon seit zehn Jahren ist er im Gemeinderat und betreut natürlich das Bauamt. Man erzählt sich, dass er mit dem Bearbeiten von Baubewilligungen sehr korrekt sein soll. Bei ihm gibt es keine Vetternwirtschaft, nach dem Motto: Wir kennen uns, drück doch ein Auge zu. Für sein Alter sah er immer noch gut aus. Er konnte seine Figur halten, hatte immer noch Haare, um sich richtig frisieren zu können, ein Abbild von Richard Gere, würde ich sagen."

„Hatte er noch Familie?", fragte Rosa Lindner.

„Ja, seine Mutter lebt im Altersheim Sonnenberg. Er hatte keine Geschwister. Die Mutter wurde noch nicht benachrichtigt. Das übernehme ich heute Morgen. So habe ich es mit der Berger abgemacht. Wie weit die Leute im Altersheim realisiert haben, was da fast neben ihrem Haus passiert ist, weiß ich nicht."

„Meinst du, die beiden Fälle haben miteinander zu tun? Oder ist das ein makabrer Zufall, dass ausgerechnet zwei Leichen an ein und demselben Tag in Wettingen gefunden wurden?", sinnierte Rosa Lindner mehr zu sich selbst als zu Hugo Benz.

Trotzdem antwortete Hugo Benz: „Ich weiß es nicht. Für mich sind beide Leichen oder Morde unfassbar, kaum zu glauben."

„Na gut, dann sehen wir uns um siebzehn Uhr wieder hier im Büro, würde ich vorschlagen", sagte die Lindner und verschwand.

Hugo Benz schaute ihr nach. Rosa Lindner war sicher schon über vierzig. Obwohl sie etwas mollig war, hatte sie in diesen verwaschenen Jeans, die sie trug, einen knackigen Hintern, fand Benz. Er wunderte sich ein bisschen, warum sie als Frau in mittleren Jahren nicht etwas standeskonformer gekleidet war. Der rote Pulli, der nicht einmal die Taille bedeckte, war auch nicht mehr der Jüngste und wirkte ausgelatscht. Ihre dunkelbraunen Haare waren sicher gefärbt. Er konnte sich nicht vorstellen, dass Rosa noch keine grauen Haare hatte. Ihr Make-up war etwas übertrieben. So schwarze Striche unter die Augen zu malen, fand Benz etwas komisch. Nebst dem Aussehen musste er sich aber trotzdem eingestehen, dass Rosa Lindner sehr loyal war. Sie hatte sich wie selbstverständlich im Büro von Andreas Schmid niedergelassen. Aber sie hatte ihre Position als leitende Ermittlerin nicht gegen ihn ausgespielt. Im Gegenteil, Rosa hatte ihn und Bruggisser als Kollegen miteinbezogen und um Informationen gebeten.

Ω

Hugo Benz wusste nicht, dass auch Rosa Lindner von Visionen und Träumen heimgesucht wurde. Sie sah sich als eine Art Rosa Luxemburg. Die Namensähnlichkeit kam nicht von ungefähr. Davon war Rosa Lindner überzeugt. Jeder bekommt den Namen, der ihn oder sie auszeichnet. Gerne hätte sie selbst einen Gefährten gehabt, wie die Luxemburg den Karl Liebknecht. Sie gab sich Mühe, alle ihre Handlungen bis zur letzten Konsequenz analytisch zu durchdenken. Das sagte man ja auch der Rosa Luxemburg nach. Anfang des 20. Jahrhunderts diesen Spartakusbund zu gründen (ab 1914, Vereinigung von marxistischen Sozialisten in Deutschland während des Ersten Weltkriegs), das kostete eine Frau damals unheimlichen Mut. Es wunderte Rosa Lindner nicht, dass die Luxemburg dann doch scheiterte. Sie hatte sich schlicht und ergreifend über die Meinung der Massen getäuscht. Nach vier Jahren Krieg wählten diese damals eine andere Partei, nicht die sozialdemokratische, wie sie meinte. „Freiheit nur für die Anhänger einer Regierung ist keine Freiheit!" – diese Aussage von Rosa Luxemburg hätte doch im Volk viel mehr greifen müssen. Immerhin leitete sie die ersten Schritte zur Demokratie ein. Heute konnte man keine Monarchie mehr stürzen. Aber auch heute noch müssen Frauen für eine Gleichstellung kämpfen. Rosa Lindner musste als Kommissarin immer noch „einen Zacken" besser sein als ihre männlichen Kollegen. Dass im Fernsehen mehrheitlich Frauen in Mordfällen ermittelten, half in der Realität wenig zur Akzeptanz von Frauen im Polizeidienst.

Ω

Nebst der Tragik, die Benz gestern Abend, als er müde heimkehrte, erfasst hatte, freute er sich doch auch auf die Zusammenarbeit mit Rosa Lindner. Eine eigenartige Prominenz hatte er in Wettingen seit gestern. Es störte ihn nur, dass diese Prominenz allein deshalb da war, weil zwei arme Teufel auf eine makabre Art und Weise das Leben verloren hatten.
Er machte seinen Job gut. Er handelte gerecht und ließ sich auf keine Mätzchen ein. Lob war in seinem Beruf eine seltene Sache. Die, die er beim Falschparkieren erwischte, die Raser oder die, die sich an fremdem Eigentum vergriffen, lobten ihn sicher nicht. Er hatte den Ruf eines gerechten, aber auch unerbittlichen Polizisten. Aber bekannt war er eigentlich bei Otto Normalverbrauchern nicht. Nach der Action von gestern kannten ihn nun alle, die hier wohnten.

Confutatis maledictis, flammis acribus addictis: Voca me cum benedictis.
Wenn verdammt zur Hölle fahren, die im Leben böse waren, ruf mich mit den sel'gen Scharen.

5.
Recordare – Erinnerung

Hugo Benz machte sich auf, um Frau Meier im Alters- und Pflegeheim St. Bernhard über den Tod ihres Sohnes in Kenntnis zu setzen.

Das war ein wahrhaft schwerer Gang. Er verfluchte sich selbst, weil er sich so bereitwillig anerboten hatte, als Eveline Berger ihn bat, Frau Meier zu informieren. Diese Staatsanwältin machte es sich einfach. Sie informierte den alten Berz, der war sowieso geistig nicht mehr auf der Höhe. Der alte Berz litt schon längere Zeit an Altersdemenz. Er ließ alles über sich ergehen oder besser gesagt, an sich abprallen. Da musste die Berger keinen vom Leid niedergeschmetterten Vater trösten.

Wie es um Frau Meier stand, wusste Hugo Benz nicht genau. Sicher musste sie in den Sonnenberg umziehen, weil sie den Haushalt nicht mehr versorgen konnte. Wie rüstig sie geistig noch war, entzog sich allerdings seiner Kenntnis. Einst war sie eine intelligente und angesehene Frau in Wettingen. Sie arbeitete als Personalchefin bei der Brown Boveri, wie der Industriekonzern in Baden damals hieß. Ihr Mann, der Vater von Fredi, Ferdinand Meier, war sein Leben lang Lehrer im Altenburgschulhaus. Er starb früh, als Fredi gerade nach England gegangen war. So musste dieser nach ein paar Wochen schon wieder in die Schweiz fliegen, zur Beisetzung seines Vaters. Soviel Hugo Benz wusste, schickte ihn Frau Meier nach der Beerdigung aber wieder zurück. Sie wollte nicht, dass ihr Sohn seine Zukunftspläne ihretwegen änderte.

Die Familie Meier wohnte im Schöpflihuse-Quartier. Eigentlich war Schöpflihuse ein Quartier mit einfachen Einfamilienhäusern und eben mit Schöpfli (Geräte- und Gartenschuppen) angebaut, wie der Name schon sagte. Die Familie Meier war die einzige, die anstelle eines Schöpflis einen Wintergarten angebaut hatte. Wenn man am Sonntagnachmittag durch den Bernauweg spazierte, sah man Herr und Frau Meier in einem Buch vertieft im Wintergarten sitzen. Beide sangen im Antonius-Chor. Sie traten bei der Gründung im Jahre 1954 bei, die zeitgleich erfolgte mit der Gründung der Pfarrei St. Anton. Da die Hauptaufgabe die musikalische Gestaltung der Gottesdienste war, waren die Meiers an den Sonntagmorgen nie zu Hause. Fredi musste natürlich auch zur Messe, als er größer wurde. Das war klar.

Während der Woche durfte Fredi bei der alten Frau Mendt zu Mittag essen. Sie war eine pensionierte Lehrerin und hatte selbst keine Kinder. So verwöhnte sie den kleinen Fredi buchstäblich nach Strich und Faden mit Menüwünschen und Extras wie zum Beispiel „Ketchup". Das hatte damals sonst noch keine Familie wie selbstverständlich auf dem Mittagstisch. Bei Benzens zu Hause kannte man Ketchup überhaupt nicht. Mutter Benz kochte noch richtige Hausmannskost. Extras gab es keine. So beneidete Hugo den Fredi oft. Die Familie Benz wohnte ganz in der Nähe, im Rosenauweg. Früher war das Haus eine Villa, die von einem Industriellen aus Baden gebaut wurde. Nach dem Tod dieser Familie gelangte die Villa in die Hände der Gemeinde Wettingen. Diese baute das Haus um. So wurde es ein Dreifamilienhaus. Die Gemeinde vermietete die Wohnungen an ihre Angestellten. Da der Vater Benz als Gemeindearbeiter tätig war, durfte er mit seiner Familie in die unterste Wohnung einziehen. Sie war für vier Personen eher klein. Hugo musste mit seinem älteren Bruder Karl in einem Zimmer schlafen. Das Wohnzimmer war auch klein, aber mit vielen Topfpflanzen gemütlich eingerichtet. Das war eine Leidenschaft von Mutter Benz. Wahrscheinlich die einzige in ihrem ganzen Leben, vermutete Hugo Benz. Seine Mutter besorgte die Wohnung und war sonst im „Pflanzplätz" (Gemüsegarten) hinter dem Haus anzutreffen. Dort hatte der Vater auch die Stallungen für die Kaninchen eingerichtet. So konnten die Benzens oft am Sonntag Kaninchenbraten mit Kartoffelstock und Gemüse auf den Tisch bringen. Alles aus eigenem Anbau oder aus eigener Zucht. Mit dem Lohn als Gemeindearbeiter konnte die Familie keine großen Sprünge machen. Immerhin hatte der Vater, als beide Buben aus der Lehre waren, genug Geld, um das Haus der Gemeinde abzukaufen. Den oberen Teil des Hauses baute noch Vater Benz aus. In den Mansardenzimmern lebten die Eltern bis zu ihrem Tod. Den unteren Teil baute Hugo Benz zum Teil in eigener Regie um, als er Hedwig heiratete. Karl zog es schon früh in die Stadt. Er wollte nicht in Wettingen bleiben. Einzig zu Weihnachten kam er mit seiner Frau Molly zu Besuch. Kinder wollten sie nie.

Heute wirkt das Jugendstil-Haus herrschaftlich und auf eine eigentümliche Art fast ein bisschen aristokratisch. Abgesehen vom Fahrradunterstand auf der linken Seite des Hauses. Auch innen hatten er und Hedwig ständig renoviert und den Ausbau den Gepflogenheiten des heutigen Mittelstandes angepasst. So besaßen sie ein Gäste-WC und in der Küche standen Geschirrspüler und Steamer.

Hugo Benz hätte nicht sagen können, auf welcher Route er zum Sonnenberg gelangt war. Zu tief war er ins Sinnieren geraten. Er war selbst enorm erstaunt, als er plötzlich vor dem Haupteingang stand. Am Empfang war niemand zu sehen. Waren denn um zehn Uhr morgens alle Angestellten eingespannt? Hatten die Schwestern und das übrige Personal keine „Znüni"-Pause?

$$\Omega$$

Hier oben beim Sonnenberg hatten Hugo Benz und seine Freunde, die in die gleiche Klasse mit ihm gingen, früher ihre Streiche gespielt. Nach der Schule waren sie meist zu dritt – Hugo Benz, sein Freund Benedikt Abderhalden, ein zugezogenes Walliser Kind und Hans Signer – hier hinaufgekommen und neckten die alten Leute, die vor dem Haus auf einer Bank saßen. Alle drei gingen im Schulhaus Margeläcker in die Schule. Damals war das 1960 eingeweihte Schulhaus noch fast nigelnagelneu. Ganz im Gegensatz zum St. Bernhard.

Im Jahre 1646 wurde an dieser Stelle ein Bergtröttli betrieben. Stoffel Güller stellte ein Stück Rebland und Hans Heinrich Bürgler eine Jucharte Ackerland (eine Jucharte bezeichnete in der Regel die Größe eines an einem Tag gepflügten Stücks Ackerland) zur Verfügung. 1725 wurde das alte Bergtröttli abgetragen und Abt Alberich I. Beusch ließ eine größere und zeitgemäßere Trotte errichten. Diese war nur für die Klosterreben bestimmt. Am 13. Januar 1841 wurde das Kloster aufgehoben. Der Abt und die Mönche mussten am 28. Januar das Kloster verlassen. Die Trotte ging an den Staat Aargau. Der Gemeindeammann Salesius Egloff und die Einwohnergemeinde bekundeten 1902 die Absicht, die Trotte in ein Gemeinde-Armenhaus umzubauen, das auch betagten Bürgern dienen sollte. Von 1883 bis 1903 hatte die Trotte obdachlosen Familien als Unterschlupf gedient. Im Jahr 1905 wurde der Kaufvertrag durch den Pfarrer Julius Waldesbühl abgeschlossen. Er führte die Verhandlungen mit den Handwerkern und löste auch die Personalfrage. Das Altersasyl (damalige Bezeichnung für Altersheim) wurde fortan von den Menzinger-Schwestern geführt. Pfarrer Julius Waldesbühl war ein Förderer der Raiffeisenbewegung im Kanton Aargau und Gründer der Raiffeisenkasse Wettingen.

Ω

Im rechten Seitengang hörte Hugo Benz eine Türe quietschen und eine Schwester kam gemächlich auf ihn zu. Hugo Benz betrachtete die etwa vierzigjährige Frau mit ihrem braunen Lockenkopf. Er war schon lange nicht mehr in einem Altersheim oder in einem Spital gewesen. Seine Eltern waren beide zu Hause verstorben. So blieb ihm das erspart. Seine Frau Hedwig, die im Kantonsspital arbeitete, hatte es nicht gerne, wenn er sie abholte. Sie kam sich kontrolliert vor, wie sie sagte. Darum verabredete er sich immer außerhalb des Spitals mit ihr, wenn sie nach der Arbeit zusammen noch etwas einkaufen wollten. Oder wenn sie miteinander essen gingen, einmal ohne die Jungs, was aber selten vorkam. So hatte er keine Ahnung, wie das Pflegepersonal im Altersheim aussah. Er stellte sich Krankenschwestern immer noch in weißer Schürze und mit Häubchen auf dem Kopf vor. Diese hier jedoch trug nur einen weißen Kittel ohne Häubchen und hellblaue Jeans mit Rosenmuster. Die geblümte Hose saß satt, sodass Hugo Benz sich fragte, ob dieser Aufzug nicht etwas obszön sei für die alten Leute. Dass vielleicht ältere Herren auch noch gerne adrette Frauen um sich hatten, daran dachte er gar nicht.

„Ich möchte zu Frau Meier, mein Name ist Hugo Benz von der Polizei Wettingen", sagte er in einem betont professionellen Ton.

„Ah, Sie kommen wegen dieser ominösen Mordfälle. Einer war doch der Sohn von Frau Meier. Alle hier kannten ihn gut, außer mir selbst. Ich arbeite erst seit einem Monat hier. Mein Name ist Anneliese Keller. Ich wohne unten im Klosterquartier, im Zollhaus. Ich führe Sie zu Frau Meier. Sie wohnt im oberen Stock, in einem Zimmer mit Aussicht auf die Gemeinde. Sie will noch am Leben teilhaben, sagt sie."

„Weiß Frau Meier auch schon, dass ihr Sohn eines der Opfer ist?", fragte Benz leise.

„Nein, nein, wo denken Sie hin. Das war nur ein Gerücht, das sich aber nun doch zu bestätigen scheint. Darüber reden wir doch nicht mit unseren Bewohnerinnen. Zudem ist Frau Meier sehr eigen geworden", sagte Anneliese Keller ganz entrüstet.

Sie klopfte an eine Türe und trat gleich darauf ein: „Frau Meier, Sie haben Besuch", versuchte Anneliese Keller jetzt auf eine mütterliche Art zu sagen. Frau Meier saß in einem riesigen Lehnstuhl. Der Bezug war aus Gobelin. Das war sicher ein Erinnerungsstück aus dem Haus am Bernauweg. Sie verschwand förmlich darin. Frau Meier war klein geworden und weiß, das heißt, ihr Haar und ihre Haut wirkten weiß und irgendwie durchsichtig. Ihre Haltung war aber korrekt, genauso wie er Frau Meier in Erinnerung hatte. Immer Haltung bewahren, sich immer schön vornehm und dem Stand entsprechend gebärden. Das ist ihr wahrscheinlich in Fleisch und Blut übergegangen.

„Guten Morgen, Frau Meier", sagte Hugo Benz eher leise. Weil sie nicht darauf reagierte, wusste er nicht recht, wie er fortfahren sollte. So wählte er die Worte, die er schon zig Mal im Fernsehen bei solchen Situationen gehört hatte. „Ich habe die traurige Pflicht, Ihnen mitzuteilen, dass Ihr Sohn einen Unfall hatte." Das stimmte so nur zum Teil, aber er wollte die alte Dame nicht auf einen Paukenschlag ins Unglück stürzen.

Seine Bedenken waren jedoch schnell verflogen. Frau Meier realisierte nicht mehr, dass ihr Sohn einen Unfall gehabt haben sollte und dass sie überhaupt einen Sohn hatte. Sie lebte in einer anderen Welt. So sagte sie nur mit einem eleganten Lächeln um die Mundwinkel: „Schön, dass sie selbst gekommen sind, Herr Brown." Hugo Benz war nun auch etwas verwirrt. Meinte sie wohl den Herrn Brown aus Baden? Den konnte sie doch unmöglich persönlich gekannt haben. 1924 starben die beiden Unternehmensgründer der Brown Boveri kurz nacheinander. Von Frau Meier durften sie also weder eine Aussage noch klärende Informationen zu ihrem Sohn erwarten.

Ω

Nach dem Besuch bei Frau Meier ging Hugo Benz zu Dölf Edlin. Sein Hof lag etwas weiter östlich vom St. Bernhard, auch am Fuße der Lägern, im Herrenberg. Ein erlesener Wein aus dieser Region trug auch den Namen Herrenberger. Im Spätherbst waren einige Rebbauern noch mit der Lese der Eisweintrauben beschäftigt. Eiswein ist ein Prädikat für hochwertige, edelsüße Qualitätsweine. Er wird aus Trauben hergestellt, die gefroren geerntet und gepresst werden. Die Trauben brauchten also einen Frost, damit der Wein eben zu richtigem Eiswein wurde.

Hugo Benz fand, keuchend nach dem Aufstieg, Dölf Edlin ganz oben im Rebberg.

„So keuchen halt die Bürostuhlhocker, wenn sie einmal bergauf steigen müssen", spottete Dölf Edlin. „Für unsereiner ist das Alltag, Benz!"

„Ja, ja, Dölf! Ich weiß, dass nur du arbeitest, hier in Wettingen, gell! Aber ich komme wegen Linus Berz. Warum warst du an diesem Morgen so früh im Rebberg? Wie hast du Linus gefunden? Hat dich die Kripo vernommen?"

„Um diese Jahreszeit gehe ich jeden Tag zwischen fünf und sechs Uhr morgens in den Rebberg. Eben gerade wegen der Eisweintrauben. Wenn man da nicht aufpasst, ist der Eisweinjahrgang im Eimer, weil …"

Hugo Benz unterbrach schnell, denn er kannte Dölf Edlin und wusste, dass seine Exkurse in die Kunst des Weinanbaus lange dauerten und, wenn einmal in Fahrt gekommen, auch nicht mehr zu bremsen waren.

„Wann genau warst du an diesem Freitagmorgen, den 5. November, im Rebberg? Ist dir etwas Ungewöhnliches aufgefallen?"

„Ich war kurz vor sechs Uhr da, ich würde sagen, um zehn Minuten vor sechs. Ich wollte nämlich an diesem Freitag mit Elsy in den Thurgau fahren, um Verwandte zu besuchen. Darum habe ich beim Stiefel-Anziehen auf die Uhr geschaut. Da war es viertel vor sechs Uhr. Etwa fünf Minuten brauche ich dann bis zum Fuß des Rebberges, wo ich den Linus gefunden habe. Sonst schaue ich ja nie auf die Uhr. Wir Rebbauern leben noch im Einklang mit der Natur. Da weiß man ungefähr, welche Tageszeit respektive Uhrzeit herrscht. Auf eine halbe Stunde auf oder ab kommt es da nicht an. Aber eben, ich hatte Elsy versprochen, spätestens um acht Uhr loszufahren. Um die Trauben zu begutachten, zu frühstücken und den Hof dichtzumachen brauche ich schon zwei Stunden. Ich musste also spätestens um sechs Uhr am Berg sein. Und ‚gefunden' ist das falsche Wort, Benz. Ich bin über den Linus gestolpert, sonst weiß ich gerade nicht, ob ich ihn überhaupt gesehen hätte. Es war noch recht dunkel in der Senke und zudem nasskalt, sodass ich vorhatte, nicht lange im Berg herumzusteigen, um bald in die warme Küche zu kommen. Aber der Linus lag gerade an der Böschung.

Etwas Ungewöhnliches ist mir wahrhaft nicht aufgefallen. Es war alles ruhig, die ganze Nacht über. Vielleicht haben dein Gehilfe und meine Tochter etwas bemerkt. Die haben nicht die ganze Nacht über geschlafen. Es könnte aber sein, dass sie zu beschäftigt waren, um etwas außerhalb des Bettes wahrzunehmen."

„Ja, ja, Dölf, ich weiß schon, dass es dir nicht passt, einen Tschugger (Polizist) im Haus zu haben. Aber glaub mir, die Theres weiß schon, was sie will und mit wem sie sich einlässt. Und der

Bruggisser ist kein schlechter Kerl. Es könnte dich noch blöder treffen mit einem Schwiegersohn. Die beiden haben wirklich nichts bemerkt. Das haben sie schon ausgesagt. Warten wir ab, was der Gerichtsmediziner zu sagen hat. Ich finde es einfach ein bisschen komisch, dass niemand zumindest einen Schrei gehört hat."

„Vom Gekreuzigten wisst ihr ja auch nichts, oder hat sich mittlerweile ein Zeuge gemeldet? Das ist ja noch viel verrückter, oder?"

„Über ein laufendes Verfahren darf ich keine Auskunft geben, Dölf", wies ihn Benz zurecht.

„Du wirst sicher noch einmal befragt. Zudem musst du deine Aussage zu Protokoll geben. Mach einen Termin mit Bruggisser ab. Du siehst ihn ja ab und zu", sagte Benz etwas schelmisch.

„Meine Aussage habe ich bei der Kripo schon am Freitagmorgen gemacht und unterschrieben, Benz!", wehrte sich Dölf Edlin. Insgeheim dachte er bei sich, der Benz wisse auch nicht gerade viel. Aber er wollte es sich mit dem Benz nicht verscherzen, darum sagte er nichts.

Ω

Benz stieg langsam und nachdenklich die Rebbhaldenstraße hinunter, vorbei an der roten Trotte. Als er bei der St. Bernhardstraße die Schartenstraße überquerte und am alten Friedhof entlanglief, kam ihm der Gedanke, den Gemeindeammann aufzusuchen. Oder hatte dies Rosa Lindner schon gemacht? Er musste sich in Zukunft unbedingt besser mit ihr absprechen, ging ihm durch den Kopf. Eine offizielle Sachbearbeiter-Konferenz hatte sie noch nicht einberufen. Sie mussten unbedingt ihre Notizen zusammentragen und auf einer Tafel für alle sichtbar aufzeigen. Das Ermittlerteam, das in aller Schnelle zusammengestellt wurde, musste zu allen Informationen Zugang haben.

Eigentlich wussten sie noch gar nichts. Die Spurensicherung hatte wie erwartet wenig gefunden. Das heißt auf dem ganzen Sulperg fand man Spuren von Sohlenprofilen, sodass der Tathergang genau rekonstruiert werden konnte. Die Abdrücke stammten aber von ganz gewöhnlichen Gummistiefeln, die man zuhauf in allen Warenhäusern kaufen konnte. Da würde eine Zuordnung äußerst schwierig werden. Auch hatte niemand etwas gesehen. Es war ein neblig-trüber Herbstmorgen, wie es im November ganz normal war. Von den Bewohnern unterhalb des Hügels wurde keine Art von Lärm wahrgenommen. Alle hatten mit sich selbst zu tun. Sie mussten sich beeilen, ins Geschäft zu kommen, oder schliefen sogar noch.

Benz machte den Vorschlag einen Zeugenaufruf in der Limmatwelle zu starten. Aber Rosa Lindner meinte, das wäre noch zu früh.

Ω

Der ganze Gemeinderat hatte sich am frühen Freitagnachmittag zu einer Krisensitzung zusammengefunden. Schließlich betraf es ein Gemeinderatsmitglied, und schließlich war Wettingen zum Tatort von zwei Morden geworden.

Benz musste den Gemeinderat wirklich nicht aufsuchen. Das Problem wurde ihm abgenommen. Als er zum Stützpunkt zurückkam, traf er vor dem Eingang auf Rosa Lindner.

„Ich habe die sieben Gemeinderatsmitglieder durch", sagte sie.

„Und, was ist dabei herausgekommen?"

„Noch nichts, was mir brauchbar erscheint – außer vielleicht die komische Konstellation des Rates."

Im Büro, hinter verschlossener Türe, gab Rosa Lindner ihre Eindrücke preis. „Der Gemeindeammann wirkt auf mich jung und dynamisch. Ein unkomplizierter Mann, der anpacken will und kann. Die Frau Vizeammann dünkt mich unauffällig. Bemerkenswert finde ich, dass Wettingen es doch auf vier Frauen von sieben Mitgliedern gebracht hat. Das ist fortschrittlich. Aufgefallen sind mir dieser Johann Schertenleib, der im Gemeinderat für das Ressort Gesundheit und Soziales verantwortlich ist, und diese Lisa Niederhauser, die für die Kulturkommission zuständig ist. Sie ist ein ganz verrücktes Huhn, wirkt auf mich undurchsichtig. Sie war in Paris und später in Zürich selbst als

Künstlerin tätig. Sie konnte mir aber nicht genau sagen, was sie hergestellt hat. Etwas aus alten Joghurtbecherli, habe ich verstanden. Wovon sie gelebt hat, wurde mir auch nicht klar. Ich nehme an, dass sie ja schon durchleuchtet wurde vor der Wahl in den Gemeinderat. Sie hatte Glück, dass sie einen nicht schlecht verdienenden Wettinger Geschäftsmann ehelichen konnte. Dieser Schertenleib ist ein auffallender Gutmensch. Die gefallen mir gar nicht. Meistens sind gerade die Gutmensch-Typen die ersten, die zu Brutalitäten bereit sind, um ihre Ideale durchzuboxen."

„Vom Gemeinderat kenne ich einige schon seit ewigen Zeiten. Der Johann Schertenleib ist ein sehr frommer Mann. Das ist ja nicht das Schlechteste, oder?", meinte Benz.

„Nein, aber Menschen mit einem religiösen Wahn neigen zu Gewalt und sehen sich noch als Retter der Menschheit. Es wäre vielleicht gut, wenn du nochmals mit ihm reden würdest; ihr kennt euch bestimmt. Ich habe ihm bis jetzt nur die Routinefragen gestellt. Dein Eindruck von ihm nach diesen Morden, rein atmosphärisch, würde mich interessieren."

„Ja, wenn du meinst", sagte Benz, erfreut, dass die Lindner ihn doch als Autorität einschätzte.

Ω

Am Montagmorgen hatte sich Hugo Benz mit Johann Schertenleib verabredet. Sie trafen sich im Café Spatz. Johann Schertenleib wollte nicht, dass Benz zu ihm nach Hause kam. Seine Frau wäre sonst sehr erschrocken. Das jedenfalls meinte Johann Schertenleib, da er nie Probleme, egal welcher Art, mit seiner Frau besprach. Sie hatte nur den Auftrag, Fragen rund um den Haushalt zu managen. Dann musste sie ihren Mann als Familienoberhaupt von ihren Anliegen oder Wünschen unterrichten. Gegebenenfalls bekam sie eine Bewilligung, um eine neue Waschmaschine anzuschaffen oder um den Gärtner für die Beschneidung der Hecken zu beauftragen. So, wie es von alters her in der Familie Schertenleib Brauch war. Trudi Schertenleib wusste allerdings ganz genau, wie sie ihren Mann nehmen musste. Sie ließ ihn in dem Glauben, der alleinige Herrscher im Haus zu sein. War er aber einmal nicht ihrer Meinung, übte sie ganz subtil Druck auf ihn aus. Sie redete einfach nichts mehr und machte eine depressive Miene. Dies hielt Johann Schertenleib meist nicht lange durch, sodass er jeweils schnell einlenkte. Wer die eigentliche Herrschaft im Hause Schertenleib führte, war deshalb sehr ungewiss.

„Ich habe Frau Lindner schon alles gesagt", polterte Schertenleib. „Im Übrigen finde ich es etwas fehl am Platz, dass wir Gemeinderäte ständig mit Fragen belästigt werden. Schließlich trifft uns der Verlust von Fredi Meier sehr hart. Er war ein fähiger Mann, wenn auch mit einer etwas ausschweifenden Lebensphilosophie."

„Wie meinen Sie das genau?", wollte Hugo Benz wissen.

„Na ja, er nahm viele Bürger mit ihren Anliegen nicht genügend ernst."

„Können Sie das etwas konkreter ausführen?", hackte Benz nach.

„Zum Beispiel lachte er über Anliegen von unseren Gemeindegliedern."

Johannes Schertenleib begann nervös an seinem Kinnbärtchen zu zupfen, sagte aber nichts mehr.

„Wer könnte einen Grund haben, Fredi Meier das anzutun?", fragte Hugo Benz.

„Ich habe keine Ahnung. Unsere Zusammentreffen waren immer nur amtlich. Wir kannten uns privat überhaupt nicht." Diese Antwort klang ehrlich. Im Moment hatte es keinen Sinn ihn noch weiter zu befragen. Er nahm sich aber vor, später noch einmal nachzuhaken.

Recordare, Jesu pie, quod sum causa tuae viae: Ne me perdas illa die.
Ach, gedenke, treuer Jesus, dass du einst für mich gelitten, lass mich nicht zuschanden werden.

6.
Lacrimosa dies – Tag der Tränen

Die Morde warfen eine riesige Welle in der Tagespresse und im Fernsehen. Auch im Aargau war man an einen gewissen Grad von Kriminalität gewöhnt. Die Schlafzimmerräuber, Krawalle an Wochenenden und aufrührerische Jugendliche, die in der Hauptstadt ältere Passanten scheinbar grundlos angriffen, erstaunten niemanden mehr sonderlich. Auch Prostituiertenmorde oder Familiendramen kamen vor. Aber zwei brutale Morde, von denen man noch nicht wusste, auf welchem Hintergrund sie verübt wurden, waren geradezu eine Sensation. Waren sie religiösen Rachegelüsten von einschlägigen Glaubens- oder Religionsverfechtern entsprungen? Gerüchte von Flagellanten – christliche Geißler, die auf eine Laienbewegung im 13. und 14. Jahrhundert zurückgingen – machten die Runde. Einige Wettinger Bürger wollten nachts auf der Tägerhardstraße, in der Nähe des Entsorgungsplatzes „Untere Geißwies", solche Geißler gesehen haben. Zu ihren religiösen Praktiken gehörte die öffentliche Selbstgeißelung, um auf diese Weise Buße zu tun und sich von begangenen Sünden zu reinigen. Solchen Fanatikern war alles zuzutrauen!

Da und dort hörte man hinter vorgehaltener Hand Gerede von den absurdesten Geheimbünden, die obskure Kulte betreiben sollen.

In den Nachrichten wurden Interviews mit Bürgern direkt von der Landstraße ins Wohnzimmer projiziert. Wie immer bei sogenannten Ereignissen fühlten sich die Leute genötigt, Auskunft zu geben. Allein schon die Tatsache, dass sie hier wohnten, schien sie zu legitimieren, über Banalitäten zu plappern. Auch in den Gratiszeitungen erzählten sie von unhaltbaren Gerüchten, die irgendein „Sowieso" einmal streute. Sie gaben Plattitüden weiter, wie: Das hätten wir nie gedacht; so etwas in Wettingen! Wo war die Polizei? Wieso hat niemand etwas gesehen und gehört? Und so weiter. Der Klatsch machte die Runde und kam aus allen Schichten und Gruppierungen der Bevölkerung. Jedermann wollte sich interessant machen, wollte etwas wissen, was die anderen nicht wussten. Sachliche Informationen gab es fast keine. Die Gemüter waren zu sehr erhitzt.

Ω

Hugo Benz nahm sich vor, erst wieder auf Streife zu gehen, wenn der Fall gelöst war oder zumindest eine dicke Schicht Gras darüber gewachsen sein würde. Er hatte keine Lust, allen Bekannten sagen zu müssen, dass er nicht über den Fall sprechen dürfe. Er kannte viele Gemeindeglieder von Wettingen. Mit vielen war er befreundet oder kannte sie vom Turn- oder vom Schützenverein, wo er auch Aktuar war. Sie meinten sicher, er müsse ihnen Rede und Antwort stehen. Schließlich waren sie doch Freunde oder kannten sich zumindest gut.

Er wollte auch Rosa Lindner beweisen, dass selbst ein einheimischer Polizist gute Ergebnisse erzielen konnte. Dazu gehörten nebst einer genauen Ermittlung auch Diskretion und Loyalität.

Nachmittags um drei Uhr trafen sich alle im Büro von Rosa Lindner: sie selbst, Hugo Benz, sein Aspirant Rolf Bruggisser und zwei junge Ermittler, Hansjörg Bhend und Fritz König, die noch zusätzlich von der Hauptstadt als Unterstützung geschickt wurden. Sie halfen mit, alle Bekannten und Freunde der beiden Opfer aufzusuchen und zu befragen, waren also sogenannte Klinkenputzer. Die Luft war stickig in dem kleinen Raum. Als Benz eintrat, unterhielt sich Rosa gerade mit Fritz König. Er hatte alle Leute rund um Fredi Meier befragt. Es stellte sich heraus, dass Meier nebst den Kolleginnen und Kollegen im Gemeinderat nicht viele Bekannte hatte. Er musste als Privatperson ziemlich einsam gewesen sein. Seine Mutter realisierte nur ganz selten, dass er ihr Sohn war, obwohl Fredi Meier sie jede Woche besuchte. Die Familie schien bei ihr dem Vergessen anheimgefallen zu sein.

Das berichtete Hugo Benz von seinem Besuch im St. Bernhard. Fritz König, der die Bewohner rund um den Sulperg befragte, hatte gar nichts vorzuweisen. Auch Hansjörg Bhend, der andere junge Sachbearbeiter, der das Umfeld von Linus Berz und den Leuten im Eigi durchleuchtete, konnte nichts Weiterführendes beitragen. Er meinte, die Eigi-Leute würden ihn extrem meiden, weil er ein Fremder Fötzel sei. Dies habe ihm die Bäuerin auf dem Reiterhof, Emma Schmid, auf den Kopf zu gesagt. Dabei stimmte es gar nicht. Die Eltern von Bhend wohnten schon seit Jahren in Wettingen. Morgen wollte er die Gasthäuser aufsuchen, in denen Linus Berz immer hockte.

Rosa Lindner fasste zusammen. Alle Bekannten von Fredi Meier kämen aus dem Gemeinderat und dessen Umfeld. Das heißt, Leute, die sich mehr oder weniger aus geschäftlichen Gründen trafen. Private Bande pflegte er nicht. Meier hatte eine Beziehung, die vor fünf Jahren zerbrach. Seitdem lebte er alleine. In seiner Immobilien-Agentur beschäftigte er eine Sekretärin, die ihn auch vertreten konnte, wenn er für den Gemeinderat unterwegs war. Sie hieß Verena Dissig und arbeitete schon über zehn Jahre für Fredi Meier. Sie war auch unverheiratet. Vielleicht müsste man bei ihr nochmals bohren. War sie in Fredi Meier verliebt? Hatte sie ihn aus Eifersucht ermordet? Dagegen spricht allerdings, dass er ans Kreuz gefesselt wurde. Das passt nicht zu einer Frau, schon wegen der Körperkraft, die eine solche Aktion brauchte. Hatte sie jemanden dazu angestiftet? Wer könnte ihr allenfalls geholfen haben? Ist das überhaupt realistisch? Rosa Lindner wandte sich direkt an Hugo Benz: „Hugo, kannst du nochmals mit der Dissig reden? Du kennst sie doch sicher, oder?"

„Ja, natürlich kenne ich sie, allerdings nicht gut", bemerkte Benz.

Hansjörg Bhend musste im Büro bleiben und die Berichte durchforsten und alle Personalien der Befragten auf Ungereimtheiten prüfen. Dabei sollte ihm Rolf Bruggisser helfen. Rosa wollte noch einmal ins Eigi. Vielleicht konnte sie als Frau mehr erreichen bei Emma Schmid.

Ω

Auf dem Vorplatz zum Reiterhof standen ein paar Männer mit Emma Schmid zusammen und lamentierten. Als Rosa Lindner aus ihrem Dienstwagen stieg, schauten alle betreten zu Boden.

„Frau Schmid, kann ich Sie einen Moment sprechen?", setzte die Lindner an.

„Ich habe schon mit ihrem Kollegen gesprochen und alles gesagt, was ich weiß. Wenn Sie trotzdem noch Fragen haben, bitte, dann fragen Sie. Ich habe vor meinen Kollegen keine Geheimnisse. Wir bearbeiten die Höfe hier draußen schon unser ganzes Leben lang. Zum Teil sind wir zusammen in die Schule gegangen. Wir sind hier noch eine richtige Dorfgemeinschaft, so wie es früher überall in Wettingen war. Aber heute leben einfach zu viele Leute hier. Wettingen ist zu groß und zu städtisch geworden. Viele zweifelhafte Individuen wohnen hier, die gar nichts mehr mit der Natur und der Landwirtschaft zu tun haben. Die wollen wir hier draußen nicht. Wenn sie sich an einem schönen Sommerabend hier herumtreiben und picknicken, müssen wir nachher den Abfall aufräumen, den sie liegen gelassen haben. In der Gemeindeverwaltung habe ich schon oft reklamiert, aber ohne Erfolg."

„Haben Sie mit Fredi Meier gesprochen?", wollte Rosa Lindner wissen.

„Ja, auch, aber auch mit anderen. Gebracht hatte es wie gesagt aber nichts."

„Waren Sie wütend auf Fredi Meier?", hakte die Lindner nach.

„Ich war auf alle Gemeinderäte wütend. Aber ich hätte keine Zeit, um sie alle umzubringen. Wir müssen für unser Geld jeden Tag hart arbeiten. Zudem hat der Mörder das heilige Kreuz entehrt. Das ist Gotteslästerung. Dafür wird er einmal büßen. Ich meine, wenn er vor den Richter im Himmel treten muss. Ihr werdet ihn wohl kaum erwischen. Wenn ihr Glück habt und einmal einer in eure Fänge gerät, bekommt er nur ein paar Jahre Gefängnis, in einer Luxuszelle mit Bedienung und Flachbildschirm. Also – was soll's?"

„Halten Sie sich zu unserer Verfügung, vielleicht habe ich später noch Fragen", knurrte Rosa Lindner und begab sich auf den Rückzug. Es machte im Moment keinen Sinn weiterzureden. Diese Sturköpfe nervten sie nur.

$$\Omega$$

Am nächsten Morgen erwachte Hugo Benz eine Stunde früher, als ihn der Wecker für gewöhnlich aus dem Schlaf riss. Die Aufregung rund um diese Ereignisse wühlte ihn anscheinend mehr auf, als ihm lieb war. Kein Wunder, sein Weltbild war ja auch ins Wanken geraten.

Er hörte, wie Silvio die Treppe hinunter raste. Sein Sohn tat ihm ab und an leid, weil er jeden Tag vor sechs Uhr rausmusste, um pünktlich um Viertel vor sieben Uhr in Fislisbach zu sein. Sein Lehrmeister, Schreinereibesitzer Bert Jappert, wollte früh mit der Arbeit beginnen. Sein Hobby, das Hornußen, nahm viel Zeit in Anspruch. Es war ihm wichtig, jeden Abend auf der Wiese zwischen Fislisbach und Rütihof mit seinen Mannschaftskollegen zu trainieren. Die ganze Belegschaft der Schreinerei, zwei Gesellen, drei Hilfsarbeiter und die beiden Stifte (Lehrlinge) mussten sich diesem Konzept fügen.

Da Silvio immer zu spät aufstand, konnte er weder einen Kaffee trinken noch eine Scheibe Brot essen, bevor er sich aufs Moped schwang.

Hedwig und Luca frühstückten ausgiebig. Beide brauchten morgens einen ordentlichen Vitaminstoß, um in den Tag zu starten.

Luca war sowieso ein Vielfraß. Benz wunderte sich immer, dass er nicht dicker war. Hedwig hatte einen harten Tag im Spital vor sich. Obwohl sie mit einer unheimlichen Motivation ihren Beruf als Krankenschwester ausübte, hatte sie es sich zur Gewohnheit gemacht, nicht während des Dienstes zu essen. Sie habe im Spital keinen Appetit. Zudem mache es sie träge, meinte sie. Darum bevorzuge sie lieber ihren Früchtecocktail, den sie immer von zu Hause mitnahm. Benz nahm sich vor, erst aufzustehen, wenn alle aus dem Haus waren. Da er oft auch abends arbeitete, konnte er sich das herausnehmen. Dieser Fall beschäftigte ihn in einer eigenartigen Weise. Er hatte keine Lust, ständig mit den Familienmitgliedern darüber zu reden, Hypothesen aufzustellen und dann nach eingehender Diskussion wieder zu verwerfen. Das tat er ja schon im Büro. Dort war es sogar Teil ihrer Arbeitsstrategie.

Ω

Hugo Benz schlenderte zur Immobilien-Agentur des verstorbenen Fredi Meier. Der Tag war ungewöhnlich warm für diese Jahreszeit. Nach den kalten Tagen mit Bodenfrost und Hochnebel war das direkt eine Wohltat. Als er beim Vorbeigehen durchs Fenster schaute, saß Frau Dissig hinter dem Computerbildschirm. Auf sein Läuten meldete sie sich sofort durch die Gegensprechanlage. „Hugo Benz, Polizei Wettingen. Guten Morgen, Frau Dissig. Ich hätte mich gern noch mit Ihnen unterhalten." Sofort ertönte der Summer und Benz trat in einen Büroraum, der sehr geschmackvoll eingerichtet war. Der Boden war mit hellem Parkett ausgelegt. Die Wände waren in einer dezenten Eierschalen-Pastellfarbe gehalten. Die Inneneinrichtung war sehr modern, mit klotzigen, hellen Bürolandschaften. In einer Büro-Oase hatte wohl Fredi Meier gesessen und in der anderen saß Frau Dissig. Sie hatte rote, verweinte Augen. Mit diesen Traueraugen sah sie Hugo Benz tapfer an. „Setzen wir uns ins Besprechungszimmer. Fredi und ich bevorzugten ein gemeinsames Großraumbüro. So wusste jeder stets über die Belange des anderen Bescheid und bekam alles mit. Dafür leisteten wir uns einen Raum mit bequemer Sitzgruppe. Einerseits für Besprechungen und andererseits für uns selbst. Damit wir auch einmal relaxen konnten, gerade wenn es abends später wurde." Sie stieß eine Tür auf und zeigte auf ein eierschalenfarbenes Polster auf einem eierschalenfarbenen Teppich. Der Raum wirkte klinisch rein auf Hugo Benz. Ihm wäre es hier nicht zum Relaxen zumute gewesen. Er hätte Angst gehabt, etwas schmutzig zu machen. Aber irgendwie passte dieser Raum haargenau auf den extrem nach außen orientierten Fredi Meier. Heimelig oder kuschelig hätte nicht zu Fredi Meier gepasst. Hugo Benz nahm Platz, das heißt, er setzte sich hin, getraute sich aber nicht anzulehnen. Sein schwarzer, schwerer Ledermantel hätte womöglich Flecken auf das helle Polster gemacht.

„Wann haben sie Fredi Meier das letzte Mal gesehen und wie war er gelaunt? War etwas anders als sonst? Es kann auch nur eine Kleinigkeit sein."

„Das war am 4. November abends. Wir haben noch über einem neuen Prospekt für schwer verkäufliche Liegenschaften gebrütet, sicher bis etwa halb neun Uhr. Fredi sagte noch, er habe keine Verpflichtungen heute Abend und könnte das Prozedere um diese Werbestrategien noch weiterverfolgen. Das war mir auch recht. Eigentlich wollte ich ja nächste Woche in die Ferien. Da wäre ich auch froh gewesen, wir hätten diese Arbeit abschließen können."

„Gab es da Schwierigkeiten? Ich meine bei den Besitzern der Liegenschaften?", fragte Hugo Benz nach.

„Nein, nein!", flötete Frau Dissig. „Die Eigentümer sind allesamt Erbengemeinschaften. Die sind froh, wenn sie die Objekte endlich verkaufen können."

„Gab es denn sonst etwas, was Ihnen seltsam vorkam?", hackte Benz nach.

„Fredi, ich meine Herr Meier, hatte wieder Spannungen im Gemeinderat. Das heißt, eigentlich nur mit diesem Johann Schertenleib. Er ist ein sehr frommer Mann, aber aus altem Schrot und Korn. Er wehrte sich vehement dagegen, dass Tagesstrukturen an den Schulen angeboten würden. Der Herr Meier hatte sich oft mit ihm darüber gestritten. Wettingen könne sich doch dem Zeitgeist nicht verschließen. Zudem wollten nicht alle arbeitenden Mütter Karriere machen. Sehr viele müssten ganz einfach arbeiten, um das Familienbudget aufzubessern oder mitzufinanzieren."

„Und das ließ sich natürlich nicht mit einer konservativen Weltanschauung verbinden", resümierte Hugo Benz vor sich hin. Er kannte diese Problematik, allerdings aus einer anderen Richtung. Hedwig vertrat den Standpunkt, dass Frauen keine geistreichen Partnerinnen wären, wenn sie sich wie eine Magd ausschließlich um die Kinder und den Haushalt kümmern mussten. Außerdem habe sie ihren Beruf auch aus einer Lebenshaltung heraus gewählt und wolle nicht aussteigen, nur weil sie zufällig eine Frau sei. Da hatte Hedwig recht. Wenn er sich vorstellte, er müsste von nun an nur noch den Haushalt machen und sich ständig mit den beiden Endpubertierenden um Ordnung und Taschengeldzustupfe herumschlagen, wurde er fast trübsinnig. Schließlich war die Entscheidung, eine Familie zu gründen, auch sein Wunsch gewesen! Er liebte Kinder, wenn sie brav waren. All die Jahre seiner Ehe teilte er sich ganz selbstverständlich die Familienarbeit mit Hedwig. Vielleicht war genau aus diesem Grunde Hedwig immer noch eine interessante und begehrenswerte Frau für ihn.

„Fredi Meier und dieser Johann Schertenleib gerieten sich also öfters in die Haare?", fand Benz wieder zu Frau Dissig zurück.

„Ich glaube schon", und dann war die Haltung von Frau Dissig endgültig dahin. Sie weinte hemmungslos.

„Waren Sie verliebt in Fredi Meier?" Mit dieser für Verena Dissig unerwarteten und indiskreten Frage wurde die Atmosphäre eisig.

„Wir haben uns gut gekannt", wich sie aus.

„Gut gekannt oder waren Sie ein Liebespaar?", forschte Benz weiter.

Verena Dissig putzte sich die Nase und schaute an Hugo Benz vorbei in die Ferne. Fast schwärmerisch säuselte sie leise: „Es gab Zeiten, da waren wir füreinander da. Ich meine, auch körperlich, wenn Sie verstehen, was ich meine. Fredi hatte aber auch andere Beziehungen. Mit mir war es eher eine vertiefte geschäftliche Verbindung. Ich wäre aber für eine richtige Beziehung bereit gewesen. Aber Fredi wollte nicht. Er redete nicht mit mir darüber. Er war da einfach etwas eigen, aber stets sehr großzügig und korrekt. Sein Tod ist für mich einfach unfassbar."

Benz verabschiedete sich und machte sich auf den Weg ins Büro.

Ω

Inzwischen waren die Ergebnisse von der KTA (Kriminaltechnische Abteilung) und vom IRM (Institut für Rechtsmedizin) gekommen. Meier wurde mit einer SIG P 220 erschossen. Eine Waffe, die das Militär an seine Offiziere abgab. Das könnte ein wichtiger Hinweis sein. Obwohl es sehr unüberlegt wäre, seine eigene

Waffe für einen Mord zu benutzen, außer, der Mörder legte es darauf an, entdeckt zu werden. Genau mit diesem Gedanken kam Hugo Benz der Wirklichkeit unheimlich nahe, nur wusste er dies noch nicht.

Der Rechtsmediziner stellte fest, dass Fredi Meier sehr gesund war für sein Alter. Er hätte gut und gerne noch Jahrzehnte leben können. Mit Linus Berz verhielt es sich anders. Er war schlecht ernährt, hatte so einige Mängel. Zudem zeigte seine Leber Spuren von Alkoholkonsum. Den Pflasterstein, mit dem er erschlagen wurde, konnten sie am Tatort sicherstellen. Allerdings fanden sie wegen der Nässe keine brauchbaren Spuren. Der Stein selbst konnte von überallher stammen. Gerade unterhalb wurden neue Terrassenwohnungen gebaut. Die Härte des Schlages wies darauf hin, dass sich der Täter sicher sein wollte. Linus Berz wurde wie *übertötet*, das heißt, ein weniger harter Schlag hätte auch gereicht, ihm den Schädel einzuschlagen. Dies ließ den Verdacht aufkommen, dass die Tat im Affekt geschehen sein könnte. Aber was hatte Linus Berz getan oder was hatte er gesehen, um so eine Reaktion hervorrufen zu können?

Hansjörg Bhend hatte alle Wirtschaften und alle Nachbarn, Freunde und Bekannten um Linus Berz nochmals befragt. Obwohl – richtige Freunde hatte der keine. Es waren mehr Bekanntschaften, die er entweder im Wirtshaus oder an Auktionen und Warenmärkten machte. Sie soffen gerne mit Linus, wollten aber nichts Näheres mit ihm zu tun haben. Der Linus hätte aber sicher keine Feinde gehabt. Frauengeschichten kämen bei ihm auch nicht infrage. Linus wäre ein unappetitlicher Kerl gewesen. Einer, der aber niemandem in die Quere kam und der nichts besaß, was ein anderer haben wollte. Er hatte auch keine Geschwister, die eine Erbschaft hätten erzwingen wollen. Die Familiengeschichte der Berzens stand unter keinem glücklichen Stern. Sie hatten nur zwei Kinder, Linus selbst und ein Mädchen, Rosmarie, das aber mit zwei Jahren verstarb. Dass der Linus ermordet wurde, war für alle unverständlich.

Andere Spuren am Tatort – eine leere Red Bull-Dose, eine zusammengedrückte Parisienne-Zigarettenpackung und verschiedene Plastikreste – konnten nicht zugeordnet werden. Das war ganz normaler Zivilisationsdreck, der dort liegen gelassen wurde von Spaziergängern oder Joggern.

Rosa Lindner fand die Aussage von Verena Dissig interessant. Fredi Meier zu erschießen und ans Kreuz zu zurren, das traute sie ihr allerdings nicht zu. Dafür war sie zu schwach.

Sie wollte mit Hugo Benz zusammen die Mitglieder des Gemeinderates vernehmen.

Lacrimosa dies illa, qua resurget ex favilla iudicandus homo reus. Huic ergo parce, Deus.
Tag der Tränen, Tag der Wehen, da vom Grabe wird erstehen, zum Gericht der Mensch voll Sünden. Lass ihn, Gott, Erbarmen finden!

7.
Juste Judex – strenger Richter

Rainer Burger schaute sich in der Regel keine Fernsehprogramme an. Das war alles Quatsch in seinen Augen. Und zwar gefährlicher Quatsch, der die Seelen der Gläubigen vergiftete. Aber diesmal musste er eine Ausnahme machen. Zum Wohle der Bürger musste er informiert sein.

In der Nägelistraße in seinem alten Zweifamilienhaus, in dem er wohnte, gab es im oberen Stock einen Fernseher. Der gehörte seinen Eltern, die er bis zum Tode aufopfernd gepflegt hatte. Der Vater konnte nach seinem fünfundachtzigsten Geburtstag plötzlich nicht mehr essen. Die Ärzte meinten, die Gedärme wären brüchig, sozusagen undicht geworden. Es gab keine Behandlungsmethoden mehr in so einem Fall. Er starb bald darauf. Komischerweise fürchtete er den Tod. Er hatte sein ganzes Leben in den Dienst der Gläubigen, insbesondere der Sünder, gestellt. So war er Laienprediger, Diakon und Seelsorger. Er wusste, wie die Menschen sein sollten, um ins Paradies eingehen zu können. Mit strenger Hand hatte er menschliche Schwächen unbarmherzig verurteilt und Schicksale wie Sandkörner vom Tisch gewischt. Auch ihn, Rainer, hatte er aus Liebe gezüchtigt. So stand es in der Bibel. *Denn, wen der Herr liebt, den züchtigt er; er schlägt mit der Rute jeden Sohn, den er gern hat. Haltet aus, wenn ihr gezüchtigt werdet. Gott behandelt euch wie Söhne. Denn wo ist ein Sohn, den sein Vater nicht züchtigt?* So war es im Hebräerbrief 12,6 zu lesen. Sein Vater hinterfragte keinen Kontext von Bibelzitaten, sondern wandte nach seinem Gutdünken alle eins zu eins auf die Mitmenschen und die eigene Familie an.

Oft zwang er den kleinen Rainer, nach der Schule Strafen abzusitzen. Einmal nässte er ein, weil er sich im Spiel vergaß.

Da musste er auf dem kalten Kellerboden sitzen, bis die Hosen von selbst trockneten. Danach bekam er eine Blasenentzündung. Vielleicht auch mit ein Grund, warum Rainer als junger Mann nicht mit Frauen Kontakt pflegen konnte. Er blieb ein Einzelgänger, zutiefst in der Schuld Gottes.

Seinem Vater musste er in den letzten Stunden beistehen. Der jammerte und greinte, weil er nicht sterben wollte. Er hatte furchtbare Angst, wusste er doch ganz im Innersten, dass er ein perverser Züchtiger war. Er war ganz und gar kein Segen für seine Mitmenschen, obwohl er sich stets als solcher aufspielte. Für Rainer kam sein Tod zu spät. Rainer Burger war schon zu dem geworden, der er war, oder besser: zu dem, der er sein Leben lang sein musste. Ein anständiger und lieber Mann, der rechtschaffen war und sich für die Gemeinschaft hingab. Eine anstrengende Position war das, die ihm viel abverlangte. Er verzichtete auf alle Lust bringenden Aspekte, die einem das Leben bot. Nicht zum Vergnügen war er auf dieser Welt! Er war der Auserwählte, der die Menschen ins Gelobte Land führte, wie einst Mose.

Seine Mutter wohnte in der oberen Etage. Sie war eine gebeugte Frau. Als ganz junges Mädchen hatte sie Franz Burger kennengelernt und geheiratet. Durch die Strenge ihres Mannes wurde aus dem heiteren Mädchen eine verbitterte Frau. Schon mit fünfzig Jahren floh sie in eine andere Welt. Frühe Demenz war die Diagnose, vielleicht durch das Klimakterium hervorgerufen. Wie auch immer, durch ihre Krankheit konnte sie ihrem Patriarchen und Sektenführer der Spirituellen Christenmenschen entfliehen. Tagelang saß sie vor dem Fernseher und schaute durch ihn hindurch – vielleicht auch in ein Gelobtes Land?

Dass ihr Mann sterbenskrank war, nahm sie nicht mehr wahr. Schon viel früher, als Franz Burger begann, regelmäßig sogenannte leichte Frauen heimzubringen, war seine Mutter nicht mehr präsent. Ein guter Christenmann geht nicht in ein Bordell. Er macht es zu Hause mit einer dümmlichen Person, die natürlich auch etwas Geld dafür bekam. Dümmlich waren für ihn alle Frauen. So brauchte er sich keine Gedanken zu machen. Schließlich sind die Frauen für das körperliche Wohl der Männer zuständig, wenn nicht sogar verantwortlich.

Die ganze miese Rechtschaffenheit seines Lebens holte Franz Burger im Augenblick des Todes ein. Es war ein schrecklicher Tod, der sich lange hinauszögerte, mit unerträglichen Schmerzen und Höllenqualen. Die Morphiumspritzen des Arztes schienen nicht mehr zu wirken. Wäre Franz Burger ein Tier gewesen, hätte ihn eine gnädige Hand erlöst. Nachts, wenn Rainer Burger bei seinem Vater Wache hielt, meinte er, die grausigen Teufel, ähnlich den Figuren, die den Turm der St. Sebastian-Kirche vom Regenwasser befreiten, tanzten um das Bett des Sterbenden.

Seine Mutter wurde auf Antrag der Spitex ins Regionale Krankenheim gebracht. Rainer Burger war froh, dass ihm diese Aufgabe abgenommen wurde. Er hätte sie nicht auch noch pflegen können. Wenig später schlief sie friedlich ein und ging in eine bessere Welt.

Ω

Rainer Burger stellte also die Nachrichten am Fernseher ein. Da wurde nichts von seinem Gekreuzigten gesendet. Aber beim Regionaljournal berichtete das Fernsehen über die Tatorte. Eine junge Reporterin befragte Menschen, die sich für ein Interview zur Verfügung stellten. Rainer Burger kannte niemanden. Vermutlich waren es Zugezogene, keine Wettinger. Darum waren sie auch nicht relevant. Sie kamen rein durch die Tatsache, dass sie auch in Wettingen wohnten, in die Gnade von Rainers großer ethischer Reinigung. Bald würden sie die Regeln Rainer Burgers erfahren und begeistert sein. Wenn der Jüngste Tag kam, durften sie dann mit den Wettingern in den Himmel fahren.

Rainer Burger ärgerte sich über den Umstand, dass die richtigen Wettinger, die Einheimischen, nichts von ihrem außerordentlichen Glück ahnten. Im Fernsehen redeten die Befragten von einem Wahnsinnigen.

Das war ja unerhört!

Er musste in der Öffentlichkeit ein Zeichen setzen! Irgendwie wäre er nun doch froh gewesen, wenn er seinen Vater noch hätte fragen können, wie er die Verhältnisse klären sollte. Der Vater musste nie lange überlegen, wie er seine Schäfchen überzeugen konnte. Er hatte Esprit, konnte Menschen in seinen Bann ziehen. Auch wenn er nur Scharlatanerien praktizierte. Wenn sein Vater noch erlebt hätte, wie sein Sohn öffentlich zu wirken begann, hätte er endlich einmal vor seinem Sohn niederknien müssen. All die Demütigungen hätte er bereut und eingesehen, dass er Rainer verkannt hatte.

Vor Leute hin stehen und palavern, war nicht Rainer Burgers Ding. Aber er hatte eine andere Idee. Sein Glaubensfeldzug begann bildlich. Mit dem Bilde dessen, der ihn, Rainer Burger, völlig verkannte, dem Bilde des ungläubigen Fredi Meier am Kreuz. Genau so wollte er auch weiter handeln. Er musste ein Medium wählen, um die Menschen zu unterrichten. Damit sie erkannten, dass er der Erlöser, der Messias war. Rainer Burger dachte nach. Wie konnte er sich ins Bewusstsein der Menschen bringen?

Gab es da nicht einmal einen Thesenanschlag? Vor langer Zeit in Wittenberg? Martin Luther wehrte sich gegen Amtsmissbrauch und Häresie. Genau so wollte es auch Rainer Burger machen. Er setzte sich hin und brütete seine Thesen aus. Beim Migros an der Landstraße wollte er sie aufhängen. Dort, wo das Wettinger Leben am heftigsten pulsierte, wo die Leute hinkämen und miteinander sprachen.

Juste judex ultionis, donum fac remissionis ante diem rationis.
Strenger Richter aller Sünden, lass mich hier Verzeihung finden, eh' der Wahrheit Tage schwinden.

8.
Culpa – Schuld

Die Assistentin von Rosa Lindner, Gabi Freiermuth, hatte einen Termin mit dem gesamten Gemeinderat verabredet. Sie kam zwar nicht nach Wettingen, aber erledigte einiges vom Büro in Aarau aus. Ihre Stärke war es, am Schreibtisch zu ermitteln. Die Elektronik beherrschte sie wie keine Zweite in der ganzen Kripoleitstelle.

Sie hatte den Lebenslauf der beiden Toten recherchiert und Vergleiche mit anderen, ähnlichen Verbrechen gemacht. Bei Linus Berz war sie in puncto Vita schnell fertig. Er wurde im Eigi geboren und starb quasi auf dem Nachbargrundstück. Dazwischen besuchte er die Volksschule, wurde Bauer und Wirtschaftsgeograf. Das heißt, fast sein ganzes Leben hockte er in den Wirtshäusern herum. Er wob, in hirnlosen Disputationen mit anderen Stammtischlern zusammen, an seiner imaginären Karriere. Linus Berz arbeitete nur so viel, wie er zum Leben brauchte. Das Geld für die Wirtshäuser nahm er vom Familiengut. Immer wenn er nichts mehr hatte, verkaufte er ein Stück Land. Er war ein Säufer und ein Träumer!

Fredi Meier hatte mehr vorzuweisen. Er hatte noch sporadisch Kontakte mit Leuten, die er von der Ausbildung oder von seinen Englandjahren her kannte. Aber eine heiße Spur gab es nicht.

Es war immer noch Nachmittag, aber schon recht dunkel. Hugo Benz hatte keine Mühe mit der im Spätherbst früh hereinbrechenden Dämmerung. Mit Rosa Lindner hatte er sich diesmal vor dem Rathaus verabredet. Sie wollten nochmals mit allen Ratsmitgliedern reden und dabei besonders auf Ungereimtheiten achten. Hätten sie sich in ihrem Büro getroffen, wären sie mit allen möglichen Dingen vom Polizeipostenalltag überschüttet worden. Das Rathaus sah sehr schön aus. Die fünf Stockwerke wurden jeweils in der Mitte mit grün, rot, gelb und blau beleuchtet. Das wog die Langweiligkeit des modernen Hochhausbaues etwas auf. In den Sommermonaten, wenn die Marktstände am Dienstag- und Freitagmorgen auf dem Vorplatz standen und die regionalen Produkte feilgeboten wurden, kam sich Benz vor, wie wenn er in den Ferien wäre. Wettingen war ein schöner Flecken. Da gab es gar nichts zu rütteln! Neben dem städtischen Flair konnte man sich an einigen Plätzen ins dörfliche Leben zurückversetzen. Zudem waren da noch die Rebberge. Wenn keine Leiche dort lag, waren sie lauschig und gaben einem das Gefühl, in einem exklusiven Weingebiet zu sein. Besonders am Rebhüsli-Fest. Da wehten lustige Festzelte im Sommerwind und farbige Beizli (Gaststuben) luden zum Verweilen ein. Wollte man wandern, bot sich die Lägern mit ihrem faszinierenden Grat an.

 Der Gemeinderat hatte sich im Sitzungszimmer versammelt. Die Befragung war jedoch auch diesmal wenig ertragreich. Fredi Meier wurde als liebenswürdiger Kollege beschrieben. Einer, der korrekt arbeitete und sich allen gegenüber loyal zeigte. Ärger gab es höchstens, wenn ein Bauherr mit der Abklärung der Baubewilligung nicht einverstanden war. Oder ab und zu gab es Streitereien, weil ein teures, geologisches Gutachten oder die Arbeiten des Geometers für eine Messung nicht bezahlt werden wollten.

 Johannes Schertenleib kam als Letzter ins Rathaus und wurde dementsprechend als Letzter vernommen. Er musste noch seine Pflicht als Vorbeter in einer Vorabendgebetsgruppe seiner Gemeinschaft, der Spirituellen Christenmenschen, erfüllen. Den beiden Polizisten gegenüber war er überaus freundlich. Er bemühte sich, gut zuzuhören und deutlich formulierte Antworten zu geben. Seine zuvorkommende Art reichte aber nur bis zu dem Zeitpunkt, als Rosa Lindner ihn mit der Frage konfrontierte, warum genau er immer wieder Streitereien mit Fredi Meier hatte.

 „So, wer sagt denn so etwas?", fragte er brüsk zurück. Der Krawattenknopf bewegte sich unterhalb seines hervorspringenden Kehlkopfes aufgeregt auf und ab, während er sprach. Selbstverständlich trug er ein weißes Hemd, dazu eine Krawatte in faden Grautönen. Seine Spießigkeit sprang einen buchstäblich an.

„Nun, wir hören halt einiges in unserem Beruf, Herr Schertenleib. Bitte antworten Sie auf unsere Fragen", sagte Rosa, ganz Meisterin der Situation.

„Also, wie soll ich sagen", druckste sich Schertenleib herum. „Der Herr Meier war halt sehr offen und scherte sich nicht um christliche Werte. Mir wäre das ja egal gewesen. Jeder wird und muss, so viel kann ich Ihnen versichern, auf seine eigene Weise selig werden. Jeder wird einmal zur Rechenschaft gezogen und muss für sein Tun Verantwortung übernehmen. Aber in unserer Gemeinschaft hatten wir immer wieder Mitglieder, die sich, wie soll ich es ausdrücken, verschaukelt vorkamen, nicht ernst genommen."

Hugo Benz fand die Antwort etwas episch, zumal er diese Andeutung ihm gegenüber schon einmal machte. Von wegen Verantwortung übernehmen und selig werden. Das passte in diese sektiererischen Kreise. Immer mit dem Zeigefinger operieren! Er musste aufpassen, dass er nicht schon voreingenommen war, bevor die Befragung so richtig in Gang gekommen war. Er wollte sich zurückhalten und Rosa Lindner fragen lassen.

„Wer wurde verschaukelt und warum genau?", fragte Rosa spitz.

„Ja – da wäre zuerst die Sache mit der Freizügigkeit."

„Die Freizügigkeit ist ein staatspolitisches Thema, da hatte wohl der Herr Meier alleine keinen großen Einfluss, oder?", hakte Rosa nach.

„Sie verstehen nicht ganz", wandte Schertenleib ein. „Mit Freizügigkeit meine ich die moralischen Grundregeln, die in unserer Gemeinde nicht mehr als Garant für ein christliches Leben gelten. Allem voran die Stellung von Mann und Frau. Es geht doch nicht an, dass die Gemeinde Einrichtungen für die Kinderbetreuung schaffen muss, damit Frauen sich selbst verwirklichen können. Dann hat unsere Gemeinschaft schon vor zwei Jahren den Antrag gestellt, dass keine Bikinis mehr in den öffentlichen Schwimmbädern der Region getragen werden dürfen. Ein Weiteres wären die Gottesdienste. Vor jedem öffentlichen

Anlass sollten Gottesdienste gefeiert oder zumindest Dankgebete gesprochen werden. Unsere Gemeinschaft hätte das übernehmen können. Im Gegensatz zu den Landeskirchen haben wir genug Gemeindeglieder. Dies nur nebenbei bemerkt. Da war der Herr Kollege Meier überhaupt nicht empfänglich. Ich vermute sogar, dass er heimlich über uns lachte. Jedenfalls hat er gekonnt verhindert, dass weitere Mitglieder aus unserer Gemeinschaft in den Rat gewählt wurden."

„Hatte Fredi Meier so viel Gewicht im Rat?", wollte Rosa wissen.

„Auf jeden Fall konnte er sehr gut reden. Ein guter Rhetoriker war er. Das kann doch den einen oder den anderen beeinflussen, finden Sie nicht?"

„Wen hat er denn besonders gekränkt oder umgangen?"

„Gekränkt oder vielmehr ausgelacht hat er die Kommissionsgruppe um die Bikinikampagne. Da wäre der Toni Bär aus Untersiggenthal und Fräulein Emmi Keller, eine pensionierte Handarbeitslehrerin. Ich sage explizit Fräulein. Darauf legt sie großen Wert! Der Titel sagt doch einiges aus über die Lebensweise einer rechtschaffenen Person. Dann ist da noch Rainer Burger. Er ist alleinstehend und kann sich darum enorm gut ins Gemeindeleben eingeben. Er wäre schon lange gerne in den Gemeinderat gewählt worden. Schließlich widmet er seine ganze Kraft und Energie dem Gemeindeleben von Wettingen, sei es bei der Betreuung der Alten oder an Festen. Fredi Meier hat ihn aber gekonnt ignoriert und die anderen dementsprechend mit beeinflusst", sagte Johannes Schertenleib. „Ich selbst konnte es auch gar nicht gut mit dem Fredi, aber ich habe ihm kein Haar gekrümmt. Wissen Sie, ich bin überzeugt davon, zusammen mit vielen Gläubigen, dass Wettingen zur rechten Zeit von den Richtigen geführt werden wird. Denn sehen Sie, es liegt alles in Gottes Hand, ob wir das wahrhaben wollen oder nicht! Dass jemand sozusagen als Mahnmal an ein Kreuz gebunden wird, ist doch kein Zufall!"

Rosa notierte sich alle Namen und Adressen und fragte zum Schluss, wo er, Johannes Schertenleib, in der Nacht vom 4. auf den 5. November war. Zuerst sah es so aus, als ob ihm die Luft wegbliebe. Geraume Zeit starrte er die Lindner mit offenem Munde an.

„Also wirklich, Frau Kommissarin! Genau dies sind die Auswirkungen, wenn Frauen auf solchen Posten sitzen. Wissen Sie überhaupt, wer ich bin? Ich bin praktizierender Christ und Gemeindeglied der Spirituellen Christenmenschen, die sich auch zum Ziel setzen, Kriminalität zu bekämpfen! Eine solche Frage ist doch das Allerletzte!"

„Sie können die Frage auch bei der Staatsanwaltschaft beantworten. Nur, dort sitzt auch eine Frau auf dem Posten!", sagte Rosa Lindner ganz ruhig.

„Wo soll ich schon gewesen sein, um diese Zeit? Natürlich zu Hause bei meiner Familie, im Bett!"

$$\Omega$$

Im Büro machte Hugo Benz der Lindner ein dickes Kompliment. „Sehr professionell hast du diese Befragung durchgeführt. Hast du oft Probleme als Frau, als Polizistin?"

„Eigentlich nicht", sagte Rosa Lindner. „Sag einmal, Hugo, wo leben diese Typen eigentlich? Dass es so etwas noch gibt, wusste ich gar nicht. Ich meine, ein Bikiniverbot, das ist doch absolut lächerlich!"

Alle hatten sich zur Sitzung des Tages im Besprechungsraum versammelt. Rosa Lindner wollte die beiden Moralisten Toni Bär und Emmi Keller nach ihren Alibis fragen. Sie konnte sich zwar eine pensionierte Handarbeitslehrerin nur schwer als Mörderin vorstellen, aber in ihrem Beruf wurde man immer wieder mit den Abgründen des menschlichen Seins konfrontiert und überrascht. Hugo Benz fasste die Aufgabe, Rainer Burger zu befragen. Er wohnte im elterlichen Haus, an der Nägelistraße, nahe der Methodistischen Kirche und ganz in der Nähe des eigenen Gotteshauses. Das heißt, das Gotteshaus der Spirituellen Christenmenschen.

Es war wirklich schwierig, den Burger zu Hause anzutreffen. Kurz gesagt: Er war nie zu Hause. Hugo Benz fand heraus, dass er als Verkäufer beim Eisenwarenhandel Peterhans arbeitete, und das schon seit dreißig Jahren. Das heißt, er hatte die Lehre als Ersatzteilverkäufer schon bei Peterhans gemacht.

$$\Omega$$

In der Café-Ecke des Handwerkercenters Peterhans unterhielten sie sich. Hugo Benz begann: „Herr Burger, Sie haben ja gehört, was mit Fredi Meier und Linus Berz passiert ist."
„Ja, schrecklich! Aber da kommen Sie zu mir?", fragte Rainer Burger zurück. Obwohl sie beide Wettinger Ortsbürger und etwa im gleichen Alter waren, verkehrten sie nicht miteinander, duzten sich nicht einmal. Rainer Burger gehörte zum Quartier Altenburg und ging auch im Altenburgschulhaus zur Schule. Hugo Benz gehörte zum Quartier Kloster und musste ins Schulhaus Margeläcker. Sie kannten sich eigentlich nur vom Sehen und vom Hörensagen.

„Wir haben gehört, dass einige Mitglieder ihrer Gemeinschaft nicht zufrieden waren mit dem Fredi Meier."
„Mit ‚einigen' meinen Sie Mitglieder der Spirituellen Christenmenschen. Das sind keine Mitglieder einer Mörderbande, sondern einer religiösen Vereinigung!"
„Ja, ja, so ist das auch nicht gemeint. Wir müssen jeder Spur nachgehen, wissen Sie, Herr Burger", sagte Hugo Benz ruhig. Er hatte sich gestern ganz fest vorgenommen, Befragungen im gleichen Stil wie die Lindner anzugehen. Sie hatte ihn schwer beeindruckt. Er wollte auch sachlich bleiben und die Leute mit der Hierarchie konfrontieren.

„Also, kannten Sie die beiden?"
„Ja, natürlich! Ich kannte den Fredi Meier. Aber er war ein arroganter Mensch. Er hat mich nicht beachtet, obwohl wir bei öffentlichen Anlässen öfters zusammenarbeiteten", erwiderte Rainer Burger etwas konsterniert.

„Aber wieso denn?", wollte Benz wissen.
„Der Fredi Meier hat sich halt nur unter gut Betuchten und Freidenkern bewegt. Menschen, denen altruistische Beweggründe

für ihr Handeln wichtig sind, waren für ihn wie ein Buch mit sieben Siegeln. Er verstand das ganz einfach nicht." Wie impertinent wichtigtuerisch und ketzerisch dieser Meier war, behielt Rainer Burger für sich. Sein Auftrag im Alltag, der liebe Herr Burger zu sein, war ihm schon in Fleisch und Blut übergegangen. Es bereitete ihm nicht einmal sonderlich Mühe, seine aufkommende Wut geduldig hinunterzuschlucken.

„Der Linus Berz war ein Schlendrian, ein Trunkenbold. Mich verwundert sein Ende gar nicht", fuhr Rainer Burger fort.

„Die beiden Morde hängen irgendwie zusammen. Der Linus war kein Opfer seiner momentanen Lebensgewohnheiten. Es muss etwas passiert sein. Er muss etwas gewusst haben, was den Mord an ihm ausgelöst hat. Vermutlich steht es im Zusammenhang mit Fredi Meier", resümierte Hugo Benz.

„So, Sie glauben also, dass ein Lebenswandel keine Folgen hätte, sei es der von Linus oder der von Fredi? Haben Sie sich nie gefragt, warum der Fredi so ausgestellt wurde am Kreuz?"

Nun hatte Rainer Burger doch einen leicht hysterischen Klang in seiner Stimme. So ein tumber Polizist! Der schien nichts zu durchschauen! Er musste unbedingt der Öffentlichkeit einen Hinweis geben, dass sie in einem revolutionären Akt ihn zum Gemeindeoberhaupt erkoren und die ganzen öffentlichen Einrichtungen neu besetzten. Das Volk musste sein Recht bekommen. Das Recht auf Anstand und Ordnung. Er hatte die Idee, an öffentlichen Plätzen schweigend Präsenz zu markieren. Wie vor dem Fall der Berliner Mauer, als in Leipzig schweigende Demos veranstaltet wurden. An der Landstraße wollte er die Thesen für einen freien Christenstaat aufhängen. Die wahren Christen würden ihre Rechte einfordern. Die Guten siegen, das zeigte auch die Geschichte. In den Annalen von Wettingen würde von der „Burgerischen Wende" die Rede sein, analog der Konstantinischen Wende.

„Können Sie sich vorstellen, wer dies dem Fredi Meier angetan hat?", fragte Hugo Benz genau den richtigen Mann!

Ω

„Die Seile wurden bei Mammut in Lenzburg gekauft", meldete Gabi Freiermuth. „Der Verkäufer weiß nicht mehr, wie der Mann ausgesehen hat, leider! Er erinnert sich nur daran, dass ein Kunde über die Besteigung der Eiger-Nordwand berichtete und dann eben rot-blaue Seile kaufte. Die Eiger-Nordwand sei sein Hobby. Er lese alles darüber und wolle auch selbst einmal in die Wand. Darum könne er sich noch daran erinnern. Er wisse lediglich noch, dass er sich gewundert hatte, weil der Kunde weder sportlich noch jung war. Aber er habe keine Zeit gehabt, nachzufragen, ob er selbst beabsichtige, diese Tour zu machen."

„Das ist keine sehr heiße Spur", sagte Rosa Lindner. „Wir kommen einfach nicht vorwärts. Zu viert ermitteln wir das Umfeld der Opfer und haben nichts! Dazu liegt mir die Berger dauernd in den Ohren!"

Am nächsten Morgen suchte Rosa Lindner „Fräulein" Emmi Keller auf. Sie wohnte in den Alterswohnungen Sulperg an der Langäckerstraße in Wettingen.

Frau Keller war einerseits erstaunt über den Besuch von jemandem, der nicht ihrer Gemeinschaft angehörte, und andererseits erfreut, endlich bei einer Polizistin Gehör für ihre Anliegen zu finden. Sie lud Rosa Lindner herzlich in ihr Wohnzimmer ein und bot ihr sofort Kaffee an.

Rosa Lindner war erstaunt über die Erscheinung von Emmi Keller. Sie hatte sich eine alte, tatterige Lehrerin mit Dutt (Haarknoten) vorgestellt. Frau Keller war aber überhaupt nicht tatterig und trug statt eines Dutts einen Bubikopf, eine graue, rassige Kurzhaarfrisur. Sie war größer als Rosa Lindner und wirkte enorm kraftvoll. Man sah ihr an, dass sie viel Zeit für sportliche Aktivitäten aufwendete. Rosa Lindner streifte der Gedanke: Einen Mann an ein Kreuz binden, das würde ich ihr zutrauen.

„Frau Keller, Sie wissen sicher, dass Fredi Meier ermordet wurde. Wir haben gehört, dass Sie sich von ihm nicht verstanden fühlten, in verschiedenen Belangen."

„Ja, das könnte man so sagen."

Umständlich goss sie Kaffee in eine geblümte Biedermeiertasse und zeigte mit einer vornehmen Geste auf Zuckerdose und Milchkännchen.

„Ich habe mich immer gegen die lose Kleiderordnung in den Bädern und in der Schule gewehrt. Aber Fredi Meier war überhaupt nicht bereit, tätig zu werden. Er sagte mir geradeheraus, dass der Gemeinderat andere Sorgen hätte, als sich um Kleiderprobleme zu kümmern. Dass die Kleidung einhergeht mit Moral und Ordnung, interessierte ihn gelinde gesagt nicht."

Frau Keller machte ein langes Gesicht und nickte Rosa Lindner zu, so als wollte sie eine Zustimmung von ihr, eine Art von Absolution für ihre Moralvorstellungen.

Rosa Lindner fragte Frau Keller, wo sie in der Tatnacht, respektive am frühen Morgen war.

„Natürlich hier", empörte sich Frau Keller. „Wo sollte ich sonst sein?"

Rosa Lindner begann sich langsam über diese Gemeindemitglieder der Spirituellen Christenmenschen zu ärgern. Alle nannten sich moralisch und fromm, aber niemand dieser Gemeinschaft konnte ihr in normalem Tonfall antworten. Alle fühlten sich angegriffen und gaben ihr das Gefühl, ein Unmensch, ein Antichrist zu sein, nur weil sie sich getraute, nach ihren Alibis zu fragen. Sie machte doch nur ihren Job!

„Kann das jemand bezeugen?", fragte Rosa Lindner.

„Nein, ich lebe allein", gab Emmi Keller schnippisch zurück.

Es war auch schnell klar, dass Rosa keine zweite Tasse Kaffee angeboten bekommen würde; darum verabschiedete sie sich bald. Sie wollte noch nach Untersiggenthal fahren und Toni Bär aufsuchen. Er wohnte an der Oberwiesstraße. Dank GPS fand Rosa ihn mühelos.

Sie klingelte an der Türe des kleinen, putzigen Einfamilienhäuschens.

Toni Bär, ein kleiner, schmächtiger Mann mit Vollglatze und runder Hornbrille, tadellos gekleidet mit Krawatte und Anzug, öffnete und fragte verwundert: „Was ist Ihr Begehr, junge Frau?"

Rosa Lindner stellte sich vor und fragte, ob sie ihn einen Moment sprechen könne. Es gehe um den Mordfall an Gemeinderat Fredi Meier.

Toni Bär trat einen Schritt zurück und ließ Rosa Lindner eintreten. Er schien dermaßen überrascht zu sein, dass er keinen Ton herausbrachte.

„Wie standen Sie zu Herrn Meier?", fragte Rosa.

„Eigentlich kenne ich ihn gar nicht", hauchte Toni Bär leise und ängstlich. „Ich hatte nur ganz losen Kontakt mit ihm, als ich eine liebe Kollegin in einer etwas heiklen Angelegenheit unterstützte."

„Sie sprechen von Frau Keller?", fragte Rosa Lindner.

„Ja, wenn ich gewusst hätte, dass deswegen die Polizei kommt, hätte ich das nicht getan. Ich meine, wenn ich gewusst hätte, dass der Mann zu Tode kommt."

„Sie haben Herrn Meier sonst nie getroffen?", hakte die Lindner nach.

„Gott bewahre, nein!", konterte Toni Bär, nun etwas resoluter.

Ingemisco tamquam reus, culpa rubet vultus meus, supplicanti parce, Deus.
Seufzend steh' ich schuldbefangen, schamrot glühen meine Wangen, lass mein Bitten Gnad' erlangen.

9.
Rex gloriae – König der Herrlichkeit

Die hektische Adventszeit brach herein, wie jedes Jahr. Beim Abendverkauf vor Weihnachten an der Landstraße hätte man nicht geglaubt, dass Wettingen erst vor sechs Wochen in hellem Aufruhr gewesen war. Die Morde interessierten kaum noch jemanden. Alle Bürger waren damit beschäftigt, ihre Lieben an Heiligabend mit sinnlosem Kram zu überraschen. Hugo und Hedwig Benz hatten zwar schon seit Jahren die Abmachung getroffen, dass jedes Familienmitglied nur ein Geschenk bekommen würde. Trotzdem gab es aber nebst ihrem Arbeitsalltag doch noch viel zu tun, sodass alle an Heiligabend auch ein Geschenk hatten. Luca und Silvio waren schnell versorgt, da sie sich jedes Jahr etwas für ihre Snowboardausrüstung wünschten. Aber bei den Geschwistern von Hugo und Hedwig war es immer schwierig, etwas Kleines zu finden, das auf sie zugeschnitten und nicht allzu sinnlos war.

An Heiligabend kam jeweils die ganze Verwandtschaft in den Rosenauweg zu den Benzens. Jedes Jahr gab es Fondue Bourguignonne. Hedwig weigerte sich, den ganzen Einkauf alleine zu bewältigen. Hugo musste ihr helfen, nicht nur bei den Lebensmitteln, sondern auch bei den Präsenten.

Genau in dieser schon übervollen Zeit kam Bewegung in die Mordfälle. Beim Eingang der Migros entdeckte früh morgens eine Verkäuferin ein merkwürdiges Plakat. Es stand komisches Zeug drauf, von Hand geschrieben, sagte sie später aus. Dass es ein Thesenanschlag war, wusste sie nicht. Sie hatte noch nie von Martin Luthers Thesenanschlag in Wittenberg gehört. Ehrlich gesagt, wusste sie auch überhaupt nicht, wer Luther war. „Ist das jemand aus Wettingen?", fragte sie scheu nach. Hugo Benz war katholisch, nicht praktizierend, dennoch vermochte er die gute

Frau aufzuklären. „Martin Luther wurde 1484 in Eisleben geboren. Das liegt in Deutschland. Später wurde er Mönch und dann Theologieprofessor in Wittenberg. Er schlug an die Kirchentüre zu Wittenberg fünfundneunzig Thesen, die sich gegen die Missstände in der römischen Kurie richteten. Das löste dann die Reformation aus."

„Ja, wie auch immer. Ich weiß nicht, wer das an die Glastür geklebt hat. Ich dachte, es wäre wichtig, die Polizei zu rufen, weil etwas von dieser Kreuzigung drinstand."

„Das war sogar sehr wichtig", pflichtete ihr Hugo Benz mit einem freundlichen Lächeln bei.

Als die Verkäuferin gegangen war, las Hugo Benz diese sogenannten Thesen noch einmal durch:

Alle Gläubigen haben das Recht auf den wahren Glauben.

Alle gläubigen Bürger haben ein Recht darauf, von würdigen und ehrbaren Leuten geführt zu werden.

Alle Gläubigen haben ein Recht, in christlicher Tradition zu leben und geführt zu werden.

Alle Gläubigen dürfen Sitte und Anstand gegenüber ihrem Nächsten verlangen.

Alle Gläubigen sind aufgerufen, Andersgläubige aus dem Gemeinderat abzuwählen. Sie haben den Anspruch auf ein öffentliches Amt in Wettingen verwirkt.

Alle Gläubigen haben ein Recht, gnadenvoll ins Reich Gottes einzugehen.

Diese Rechte dürfen mit „Feuer und Schwert" verteidigt werden. Die Wettinger Kreuzigung ist ein Mahnmal gegen Häretiker.

Benz schüttelte den Kopf. Da sieht man wieder einmal, was alles unter den Deckmantel *religiös* so dahin schwelt. Religiöse Fanatiker sind höchst gefährlich. Plötzlich kam ihm ein Zitat in den Sinn: Fanatiker sind das Übel aller Dinge. Wer das sagte oder wo er es gehört hatte, wusste er nicht mehr.

Ω

Eveline Berger, die Bezirksstaatsanwältin, war in der Sitzung des Fahndungsteams persönlich anwesend. Sie war sehr elegant angezogen, wie immer. Eine große, schlanke Frau, Mitte dreißig mit hellblondem, mittellangem Haar, das sie stets zu einem Pferdeschwanz zusammengebunden hatte. Meistens trug sie helle Kostüme, die ihr einen fast aristokratischen Touch verliehen. Hier konnte man wirklich sagen, dass Schönheit und Intelligenz gepaart in einer Person zu finden waren.

Eveline Berger zeichnete sich aber auch noch durch ihre Ungeduld aus.

„Langsam wird es skandalös, dass wir noch keine konkreten Ziele erreichen konnten in diesen Fällen."

„Wir arbeiten fast rund um die Uhr", wehrte sich Rosa Lindner. „Zudem sind noch nicht einmal zwei Monate vergangen. Und die KT (Kriminaltechnik) konnte, wie Sie selbst wissen, keine konkreten Spuren sichern. Beim Tatort Rebberg, wo Linus Berz erschlagen wurde, wimmelte es von Fußabdrücken und Radspuren der Arbeiter im Weinberg. Der andere Tatort am Sulperg-Kreuz ist ein öffentlicher Platz. Da kommen viele Spaziergänger oder Wanderer vorbei. Was erwarten Sie da? Der Pathologe vom Institut für Rechtsmedizin war auch nicht umwerfend. Obwohl die Forensik im Kantonsspital Aarau neu mit modernster Technik eingerichtet wurde. Dass der Linus Berz mit einem Stein erschlagen wurde, war ganz offensichtlich. Der Stein lag neben der Leiche. Der Tat- und Fundort im Mordfall Fredi Meier war von hunderten von Füßen zertrampelt. Da es ein Aussichtspunkt und für viele auch ein Pilgerort ist, konnten auch die gefundenen Abfälle nicht zugewiesen werden. Auch wurden keine verwertbaren Fussel an seiner Kleidung gefunden. Nicht einmal unter den Fingernägeln der Leiche konnte DNS-Material sichergestellt werden. Außer den Schleifspuren von der Kapelle bis zum Kreuz hinunter war nichts definitiv dem Mordfall zuzuweisen. Die leere Patronenhülse in dem morastigen Boden zu finden war unmöglich. Die Leute vom WD (Wissenschaftlicher Dienst) waren fast wahnsinnig geworden."

„Was ist mit diesen Fanatikern der Spirituellen Christenmenschen? Kann man denen eine solche Tat zutrauen?", fragte Eveline Berger.

Hugo Benz lehnte sich in seinem Stuhl zurück, räusperte sich und sagte: „Es gibt zwei Möglichkeiten. Entweder will uns jemand glauben machen, es handle sich um religiöse Reaktionäre, die die Morde begangen haben, um von sich abzulenken, oder es ist wirklich so jemand. Das wäre dann aber ein Wahnsinniger! Vielleicht einer, der glaubt, in unserer Zeit einen Gottesstaat aufbauen zu können. Das ist doch krank, oder?"

„Nein, wenn ihr da an die Fundamentalisten in der arabischen Welt denkt, die kämpfen ja auch unter dem Vorwand, einen Gottesstaat errichten zu wollen. So abwegig ist diese Idee gar nicht", bekundete Fritz König.

Da platzte Bruggisser mit einer neuen Mitteilung ins Sitzungszimmer: „Entschuldigt, dass ich zu spät komme, aber ich wurde aufgehalten. Als ich beim Rossmetzger an der Landstraße war, erzählte er mir, dass Frau Keller bei ihm Kundin sei, schon viele Jahre, sogar schon, als sie noch im Frauenschwingteam mitmachte oder besser gesagt mitschwang. Zudem war ihr Vater Wildhüter. Sie kann sicher auch schießen. Also, dieser Frau traue ich langsam aber sicher alles zu."

Rosa war nicht sonderlich erstaunt. Emmi Kellers Körperbau war ja immer noch beachtlich, trotz der vielen Jahre, die sie auf dem Buckel hatte.

„Sie ist auch eine ausgesprochene Moralistin und Männerhasserin. Das heißt, sie duldet nur folgsame Männer um sich, so wie der Toni Bär aus Untersiggenthal – ein Waschlappen."

Rosa Lindner schaute finster in die Runde und verteilte die Aufgaben an das Team und nahm Rochaden vor. „Die schon Vernommenen sollen von einer anderen Person nochmals befragt werden. Danach sollen erneut alle Aussagen miteinander abgeglichen werden. Vielleicht haben wir etwas übersehen, oder etwas ist uns zu unwahrscheinlich oder zu banal vorgekommen."

Hansjörg Bhend und Rosa Lindner nahmen sich Rainer Burger vor. Hugo Benz und Fritz König besuchten nochmals Frau Keller. Bei Frau oder Fräulein Keller stießen sie auf akuten Widerstand.

„Was soll das denn?", fragte sie erbost. „Habt ihr Polizisten nichts anderes zu tun, als mich wegen diesem Fredi Meier auszufragen? Ich habe nichts mit seinem Tod zu tun! Im Übrigen müsste ich sowieso niemanden richten. Dies wird von höherer Stelle aus vollzogen. Aber ich glaube sofort, dass euch beiden das Verständnis für solche Dinge fehlt."
Hugo Benz setzte sich durch und warnte sie, vorgeladen zu werden, falls sie nicht kooperiere. Daraufhin wurde sie etwas umgänglicher. Emmi Keller war tatsächlich bis vor einigen Jahren aktive Schwingerin. Aber seit sie Arthrose im Knie habe, könne sie nicht mehr. Zudem wäre sie zu alt geworden. Im Frauenschwingklub gebe es genug junge, talentierte Nachwuchsfrauen; das wäre gut so.

Als Hugo Benz und Fritz König die Wohnung von Emmi Keller verließen, wunderten sie sich, wie oft sie bei diesen Fällen auf religiöse Spinner trafen. Was das wohl bedeutete?

Ω

Hugo Benz ging noch einmal alle bisher gesammelten Aussagen mit der Assistentin Gabi Freiermuth durch. Da Benz quasi ein Urgestein Wettingens war, fielen ihm vielleicht Ungereimtheiten in Bezug auf seine Pappenheimer schneller auf. Gabi war eine ausgezeichnete Spurensucherin. Der WD hätte nur schwer auf sie verzichten können. Im Innendienst war sie versiert. Aber sie stammte selbst aus Nussbaumen und kannte die Wettinger nicht besonders gut, obwohl sie oft nach Wettingen in den Ausgang ging. Ihr Freund wohnte in Ennetbaden. Er war ein totaler Glacefreak (Eisesser). Bei jeder sich bietenden Gelegenheit fuhren sie nach Wettingen ins Café Awarillo und schlemmten Eisbecher um Eisbecher. So lernten sie ab und zu Leute kennen. Aber das war dann jeweils nur oberflächlicher Natur. Meist wurde mit der Serviererin geschäkert. Das ärgerte Gabi sowieso.

Um zwanzig Uhr war Hugo Benz mehr als nur geschafft. Seine Augen brannten und er konnte sich nicht mehr konzentrieren. Für heute hatte er sein Pulver verschossen. Definitiv! „Gabi, ich bin total fertig, ich muss nach Hause. Ein alter Mann kann nicht mehr so lange arbeiten, ohne sich wieder einmal auszuruhen. Ich bin schon seit sechs Uhr in der Früh auf den Beinen", stöhnte Benz und stand auf. Seine Glieder waren schon ganz steif geworden von der langen Sitzerei.

Ω

Geschafft kam Hugo Benz nach einem langen und harten Tag nach Hause. Es roch nach Tomatensoße, also war Hedwig zu Hause und hatte gekocht. Seit diesen unseligen Mordfällen hatte er sein Familienleben erstens total vernachlässigen müssen und zweitens den Überblick verloren, wer wann wo war.

„Schön, dass Du heute Abend nicht arbeiten musst, Hedwig. Ich brauche dich. Eine sich dermaßen ausbreitende Resignation habe ich noch nie gefühlt. Ich glaubte immer, dass ich ein verkannter Ermittler wäre. Dass gerade ich komplizierte Verbrechen lösen könnte. Mich selbst habe ich als kritisch denkend und scharf analysierend eingestuft. Zudem meinte ich, Menschen gut einschätzen zu können. Da passieren Mordfälle, die in ihrer verrückten Art auf eine ganz bestimmte Täterschaft zeigen, und doch kommen wir keinen Schritt weiter. Eindeutige Spuren haben wir auch keine. Alles ist wie von Geisterhand geschehen."

Dies gestand Hugo seiner Hedwig. Es war überhaupt das erste Mal, dass Hugo über seine imaginäre Welt sprach. Sein Innerstes hatte er im Normalfall gut bei sich verpackt.

„Iss zuerst einmal und dann trinken wir ein Glas Wein zusammen." Hedwig schaffte es wirklich als Einzige, Hugo aufzurichten. Er blickte ihr nach, wie sie in der Küche verschwand. Sie trug neue enge Jeans und einen orangen Pullover dazu, der wunderbar zu ihrem roten Haar passte. Sonst bemerkte er jeweils sofort, wenn Hedwig etwas Neues trug und sich ihm adrett präsentierte. Er machte ihr dann auch immer ein Kompliment. Aber seit diese Fälle ihn so beanspruchten, brachte er fast keine Energie mehr dafür auf. Zum Glück konnte ihn Hedwig voll und ganz verstehen und ihm auch in dieser Situation eine empathische Partnerin sein. Ein paar Mal dachte Benz an diesem Abend, wie schön sie es doch miteinander hatten.

Am Tag darauf sah die Welt auch wieder ganz anders aus. Er hatte mit Hedwig geschlafen und fühlte sich wieder lebendig und dynamisch.

Ω

Rosa Lindner hatte die anderen über den gestrigen Tag informiert. „Wir sprachen nochmals mit diesem Rainer Burger. Gabi soll recherchieren, ob er in psychiatrischer Behandlung ist. Er redete wirres Zeug, meiner Meinung nach. Zudem soll sie Genaueres über diese religiöse Gruppe herausfinden. Ist das nun eine Sekte, und wer steht dahinter?"

Hugo Benz wurde hellhörig: „Missionierte er für seine Gemeinschaft oder besser gesagt, für seine Sekte?"

„Ja, er versuchte sogar, uns zu bekehren und lud uns zu einer Vorabendgebetsstunde ein", warf Hansjörg Bhend ein.

„Ist das die gleiche Gemeinschaft, wie die von diesem Gemeinderat Johannes Schertenleib und der pensionierten Handarbeitslehrerin Emmi Keller?", fragte Rosa in die Runde.

„Ja, das sind die *Spirituellen Christenmenschen*, so nennen sie sich", antwortete Hugo Benz. „Sie sind ziemlich gut organisiert. Feiern nicht nur Gottesdienste zusammen, sondern leben auch wie in einer Gemeinschaft. Sie bieten Freizeitangebote für alle Altersstufen an. Wenn jemand krank ist, wird er sozusagen intern gepflegt. Das macht die einzelnen Mitglieder abhängig. Oder anders gesagt, wenn jemand die ganze Freizeit dort verbringt und alle Freundschaften innerhalb der Gemeinschaft pflegt, kann er nicht mehr aussteigen, ohne sein ganzes soziales Leben neu organisieren zu müssen. Und diese Kraft haben viele nicht."

„Meinst du, die haben etwas mit diesen Morden zu tun? Das wäre ja ganz kurios, dass ein paar extrem Gläubige vor allen Augen einen Mann kreuzigen und einen anderen erschlagen, um ihre Gemeinschaft in einem Dorf zu etablieren. Wir leben doch nicht mehr in der Zeit der Kreuzritter!", polterte Rosa Lindner.

Hugo Benz und Fritz König informierten die anderen über Emmi Keller und Toni Bär: „Der Bär ist mehr als harmlos, er ist eine richtige Memme, kraftlos und ängstlich. Der könnte nie und nimmer so eine Tat ausüben. Aber die alte Schachtel, Emmi Keller, die müssen wir im Auge behalten. Erstens war sie im Frauenschwingklub und zweitens Tochter eines Jägers. Außergewöhnlich für eine Frau in dem Alter. Ich wusste ehrlich gesagt nicht, dass Frauen vor zehn oder zwanzig Jahren schon im Schwingersport mitmischten. Aber möglich ist alles. Bei einer Lesung mit Peter Bichsel, der ja oft an Schwingerfesten anzutreffen war und sich auskannte, erfuhr ich vom Wesen der heutigen, jungen Schwinger. Das waren keine Bauernsöhne, die in ihrer Freizeit jodeln oder Volkstanz machen. Das waren gut trainierte Sportler, die im smarten Sportwagen mit Rockmusik anbrausten und ihre High Heels tragenden Freundinnen mitbrachten."

Nachdenklich meinte Rosa Lindner: „Die müssen wir wirklich im Auge behalten.

Die Eigi-Leute hingegen können wir vergessen. Rolf Bruggisser hat alle noch einmal vorgeladen und ihre Alibis überprüft – nichts."

Ω

Gabi Freiermuth hatte schnell herausgefunden, dass die Spirituellen Christenmenschen tatsächlich eine Sekte waren. Öffentlich sagte das niemand, weil dem Begriff Sekte immer etwas Anrüchiges anhaftete. Eine wertfreie Definition konnte sich nie durchsetzen. Die Spirituellen Christenmenschen zeigten aber einige Merkmale, die eben nur Sekten aufwiesen. Zum Beispiel werden Sekten von einem Führer mit uneingeschränkter Autorität geleitet. Hier in Wettingen gäbe es auch so einen Leiter oder Führer. Der Mann wohne im Kreuzkapellenweg und heiße Elias Rauchenstein. Er sei wenig bekannt, stamme auch nicht aus Wettingen. Er wohnte erst seit fünf Jahren hier und habe Familie. Allerdings seien die Kinder erwachsen und in Olten geblieben, dem vorherigen Wohnort der Rauchensteins. Frau Rauchenstein sehe man nie im Dorf. Sie lebe extrem zurückgezogen. Wie der Rauchenstein zum

Sektenführer der Spirituellen Christenmenschen wurde, konnte Gabi nicht konkret herausfinden. Wahrscheinlich hatte die Gemeinschaft jemanden gesucht, der die Schäflein zusammenhalten konnte. Vorher war das der Vater von Rainer Burger gewesen. Der soll eine schillernde Persönlichkeit gewesen sein.

„Was ist denn eine Sekte genau?", wollte Hansjörg Bhend wissen.

„Sekten zeichnen sich eben dadurch aus, dass sie von einem Führer geleitet werden und ihre Mitglieder von ihrem natürlichen Umfeld isolieren. Sie beanspruchen diejenigen zu sein, die allein die Wahrheit verkünden. Zudem machen sie ihren Mitgliedern Vorschriften für ihr Privatleben und besetzen ihre Freizeit", führte Gabi Freiermuth aus.

Bhend fragte etwas konsterniert: „Macht das überhaupt jemand mit? Ich meine, in unserer aufgeklärten Welt, in der jeder selbst verantwortlich für sein Leben sein will, also ich meine, das verstehe ich einfach nicht."

Gabi Freiermuth erklärte, dass sie einmal mit einem Theologen liiert gewesen sei. Der sagte ihr, dass nicht selten gerade intelligente Menschen, die im Beruf erfolgreich seien, das Bedürfnis hätten, irgendwo eine gegebene Ordnung zu leben, einen Ort zu finden, wo alles nach festen Regeln ausgerichtet wäre, wo man genau wisse, was nach dem Tod geschehen würde, wer ins Paradies komme und wer sühnen müsse. Sie gab zu bedenken, dass ja in Amerika, dem Land der ungeahnten Möglichkeiten, viele Kreationisten leben. Der Kreationismus richtete sich im 19. Jahrhundert gegen die darwinistische Evolutionstheorie, heute gegen die Naturwissenschaft – überhaupt und den Atheismus. Sie möchten sogar den Schöpfungsbericht wörtlich nach der Bibel zum Inhalt des Biologieunterrichts in der Schule machen. Das wäre ja auch konfus und würde doch von vielen Anhängern gutgeheißen. Warum sollte das in der Schweiz anders sein?

Hugo Benz machte den Vorschlag, die doch ziemlich fantastische Variante noch einmal zu besprechen. „Da hätten wir den Rainer Burger, sehr fromm und enorm verklemmt. Rainer stammt aus einer patriarchalen Familienstruktur, die auf Machtgehabe setzte.

Nur wer andere beherrschte, war ein vollwertiger Mensch, einer der etwas leisten konnte. Rainer Burger machte überall das, wovor sich andere drückten: Kisten schleppen bei Anlässen im Dorf oder Sterbende im Regionalen Krankenheim besuchen und, nicht zu vergessen, ein keusches Leben führen. Er hoffte auf Anerkennung, die er aber nie bekam. Er wurde einfach nicht wahrgenommen und seine Arbeit wurde nicht geschätzt. Eines Tages begann sich seine Realität zu verschieben. Rainer Burger war nicht mehr länger das Opfer. Er wurde zum heroischen Retter und meinte, die Bevölkerung von Wettingen vor Schmutz und Amoral der Regierenden beschützen zu müssen. So begann er seine ärgsten Feinde vom Gemeinderat zu beobachten und entschied, den größten Widersacher auszuschalten. Das sollte nicht einfach durch eine Tötung geschehen, sondern es sollte Signalwirkung haben für die Bevölkerung. Darum musste der Gemeuchelte gut sichtbar am Kreuz hängen. Die Strafe dieses Übeltäters musste zur Schau gestellt werden. Nur so konnten die Menschen von Wettingen das Zeichen erkennen und die neue Zeit, die anbrach, schätzen. Er, Rainer Burger, der Retter, war fähig, den Kreuzestod umzukehren. Er kreuzigt die Herrschenden und befreit damit das Leben aller in Wettingen. Somit waren seine Taten keine Verbrechen, sondern eine Reinigung."

„Ähnlich wäre es mit diesem ominösen Fräulein Keller", warf Bhend in die Runde. „Sie hält sich auch für eine Weltverbesserin mit ihren Ansichten aus dem letzten Jahrtausend."

„Okay", sagte Rosa Lindner. „Ein Motiv hätte sie ja. Sie fühlte sich übergangen und verraten von Fredi Meier. Sie hätte es fertiggebracht, ihn ans Kreuz zu binden. Sie verfügt über die nötige Körperkraft. Zudem kann sie vermutlich auch schießen. Wie gefährlich verschmähte Frauen werden können, wissen wir alle. Sie fühlte sich in ihrer Mission beschnitten und wollte alle Hindernisse aus dem Weg räumen."

„Aus welchem Grund aber stellte sie den Toten vor den Augen der Öffentlichkeit aus? Das passt irgendwie doch nicht zu ihr, meine ich", mischte sich Hugo Benz ein. „Für mich ist sie eher eine Frau, die handelt, aber die Öffentlichkeit scheut."

„Leidet sie unter einem religiösen Wahn?", fragte Gabi Freiermuth.

„Das glaube ich nicht. Menschen, die unter einem religiösen Wahn leiden, sind meistens nicht in eine Glaubensgemeinschaft integriert. Sie stehen mit ihren wahnhaften Ideen alleine da, finden niemanden, der ihre Überzeugungen vertritt. Wenn sie für kurze Zeit in einer fundamentalistischen Gruppe Anschluss finden, werden sie mit ihren anormalen Ideen aber schnell wieder austreten. Das passt überhaupt nicht zu Emmi Keller", kommentierte Hugo Benz.

Eveline Berger, die auch an der Besprechung teilnahm, kratze sich am Hinterkopf und meinte, es sei zwar völlig verrückt, aber nicht ausgeschlossen. Sie hätte selbst noch nie einen wahnsinnigen Mörder erlebt, aber das sei ja nichts Außergewöhnliches.

„Das hat mir gerade noch gefehlt, einem mordenden Idioten nachzujagen!", echauffierte sich Rosa Lindner.

„Allerdings würde dieser ominöse Thesenanschlag genau in diese Richtung zeigen", meldete sich die Berger wieder zu Wort. Dort war ja genau das zu lesen:

Diese Rechte dürfen mit „Feuer und Schwert" verteidigt werden. Die Wettinger Kreuzigung ist ein Mahnmal gegen Häretiker.

Der Gedanke, dass es sich wirklich so abgespielt haben könnte, machte alle betroffen. Diese Dreistigkeit war ungeheuerlich. Das kann man nur als pathologisch ansehen. Eine Denkart, die weit ins archaische Zeitalter zurückreichte.

Ω

Vielleicht war dieses dreiste Vorgehen schwer zu verstehen. Aber das war von einer ungläubigen Frau nicht anders zu erwarten. So hätte Rainer Burger argumentiert.

Er hockte in der Vorweihnachtszeit jeden Abend zu Hause in seiner dunklen Stube, die überaus nüchtern eingerichtet war. Es roch muffig. Die Möbel waren alt und längst hätten sie restauriert oder ersetzt werden müssen. Zudem hätten auch die Wände wieder einmal einen Anstrich vertragen. Aber diese Atmosphäre, die fast an eine Zelle erinnerte, gefiel Rainer Burger. Er verzichtete auf weltliche Güter und Annehmlichkeiten und wollte in Keuschheit und Armut leben. Ersteres viele Jahre unfreiwillig! Hätte er eine Frau lieben können und wäre er sexuell nicht so verklemmt gewesen, wäre doch keine fromm genug gewesen in den Augen seines Vaters. Rainer Burger stöhnte auf, denn er wusste ganz genau, dass der Vater in Sachen Sexualität nicht zimperlich war und sich der Frauen mit gutem Gewissen bediente. Er selbst war aus einem anderen Holz geschnitzt! Er war meistens gehemmt und scheu. Auch konnte er sich bei anderen nicht durchsetzen. Er war der, der heimlich und im Dunkeln handelte. Wie bei Fredi und Linus! Aber – seine Zeit würde kommen. Das spürte er ganz deutlich. In der Gemeinschaft meinte er einige Sympathisanten zu haben, die seine Ideen phänomenal, ja sogar göttlich finden würden. Wenn er sich erst einmal zum Oberhaupt der Gemeinschaft aufschwingen konnte, würde er sein Glück bei einem jungen und unverbrauchten Mädchen probieren. Es galt zwar als Sünde, aber Rainer konnte sich einen Jüngling ebenso gut vorstellen. Nach außen würde er seine Bedürfnisse mit Zitaten aus der Schrift rechtfertigen. Sein Stachel im Fleisch, wie auch bei Paulus im 12. Kapitel des 2. Korintherbriefes zu lesen war, würde ihn legitimieren. Schwachheit kann sich in Stärke wandeln.

Wie bei jedem System, das ganz bescheiden und idealistisch begann und mit der Zeit durch seine wachsenden Machtstrukturen fast monarchisch wurde, nahm sich auch Rainer vor, dann komfortabler zu wohnen. Er hatte auch schon ein schönes Haus am Kreuzkapellenweg ins Auge gefasst. Erst musste er aber gewählt werden in seinem Gottesstaat. Seine Augen funkelten bösartig und wahnwitzig zugleich.

Zuerst aber feierte er die Geburt des Herrn.

Benedictus qui venit in nomine Domini.
Hochgelobt sei der da kommt im Namen des Herrn.

Ω

Rainer Burger bemerkte in seiner Verblendung nicht, dass sich das Netz um ihn herum zusammenzog.

Der Vorgesetzte von Rainer Burger bei Peterhans, Max Herrmann, wurde befragt. Er gab an, dass der Rainer Burger von allen ausgenützt würde. Oft müsse er eingreifen und die anderen Mitarbeiter warnen, dass sie sich zurückhielten. Wenn jemand etwas fertig machen oder noch etwas aufräumen müsse, würde immer der Burger dafür angegangen. Und der mache halt auch alles. Er wäre ein gutmütiger Lappi (Trottel). Aber der Rainer Burger hätte das Herz auf dem rechten Fleck. Dass er so war, verschuldeten einzig und allein seine Eltern, oder genauer gesagt, sein Vater. Zum Glück sei der ja nun tot. Der Vater habe den Rainer dumm gemacht. Mit seiner beherrschenden Art habe er die Mutter und den Sohn terrorisiert und eingeschüchtert. Er frage sich oft, wo der Burger seine dunkle Seite auslebe. Kein Mensch könne doch immer nur lieb und anständig sein. Das müsse doch einmal kippen!

Max Herrmann war sich überhaupt nicht bewusst, dass seine Aussage die Schlinge um den Hals Rainer Burgers zusammenzog. Dass die Kriminalbeamten den Burger schon im Visier hatten, wusste er ebenso wenig. Beabsichtigt hatte er diese Konsequenz jedenfalls nicht.

Ω

Nach ausgiebig gefeierten Weihnachts-Gottesdiensten an Heilig Abend und am Weihnachtstag, stand in der Gemeinschaft der Spirituellen Christenmenschen die Lichtfeier vor der Tür. Sie fand jeweils an einem Abend kurz vor dem Jahreswechsel statt. Sie wollten noch einmal der Ankunft des Herrn gedenken, bevor das neue Jahr begann und die Menschen wieder zu ihrem gewohnten Alltag übergingen. In der Gemeinschaft war dies ein wichtiger und glanzvoller Anlass, der natürlich mit einem ausgedehnten Gottesdienst mit unzähligen Huldigungen an den Herrn und erhabenen Gesängen begann. Danach wurde ein relativ reichhaltiges Mahl im Haus der Gemeinschaft angeboten. Die Frauen kamen schon am Morgen, um die vielen Brote zu backen und die verschiedenen Menü-Gänge vorzubereiten. Es war wie ein Weihnachtsessen, nicht in der Familie, sondern mit der Gemeinschaft der Gläubigen.

Rainer Burger hatte sich vorgenommen, an diesem Abend die Gläubigen auf ihre Mission vorzubereiten. Er wollte seine brillante Tat endlich mit anderen besprechen und die nötigen Folgeschritte einleiten. Er sollte endlich als Retter und Führer gelobt werden.

Der Gottesdienst, den er sonst so sehr schätzte und in sich einsog wie ein Schwamm das Wasser, schien ihm heute unheimlich lang. Rudolf Gantenbein, der Prediger aus Zürich-Oerlikon, fand immer neue Redewendungen, um die heilvolle Geburt des Christkindes und dessen Bedeutung für die Welt auszuführen. Fast schon ein bisschen neidisch auf das rhetorische Geschick des Predigers, dachte Rainer Burger daran, dass er in ein oder zwei Stunden die Umkehr von Wettingen verkünden würde. Er wollte besonders charismatisch sein und die Heilstat, die er vollbracht hatte, darlegen.

Ω

Nach dem Gottesdienst gab es zuerst einmal einen Apero mit verschiedenen Drinks in allen Farben. Selbstverständlich ausnahmslos mit Rezepten vom Blauen Kreuz. Eigentlich wollte sich Rainer Burger da schon ins Rampenlicht stellen, aber einige Gemeindeglieder erzählten vorlaut von ihren Festtagserlebnissen, sodass Burger einfach nicht zu Wort kam. Sie setzten sich für die Kartoffelsuppe und den folgenden kleinen, bunten Salat zu Tisch. Auch hier erzählte Werner Schubiger von der Geburt seines vierten Kindes. Verena Schubiger weilte immer noch im Spital, obwohl der Nachwuchs schon am 21. Dezember zur Welt kam. Ihre physische Gesundheit war der Potenz ihres Mannes, der natürlich auf Verhütung verzichtete, nicht gewachsen. Zwei Frauen aus der Gemeinschaft hatten angeboten, die drei anderen Schubiger-Kinder zu hüten. So konnte der Urheber der ganzen Bagage ungehindert den Gottesdienst und das

Gelage genießen. Er war schließlich der Wichtigste in seinem Clan, der Mann!

Rainer Burger ärgerte sich über die Bewunderung, die Schubiger an seinem Tisch für sein Patriarchat in der Familie genoss. Endlich, nach dem Braten mit Kartoffelstock und Erbsen mit Rüebli, konnte Rainer Burger die Kreuzigung von Fredi Meier ins Gespräch bringen. Einige kritisierten die Berichterstattung der Medien über diesen Fall. Ein Gemeindeglied meinte, dass das Lokalfernsehen ausgerechnet völlig nichtssagende Passanten interviewt hätte und nicht auserlesene Mitglieder des Gemeinderates oder sogar jemand aus ihrer Gemeinschaft. Eine Frau meinte, die Gewalttaten seien Auswüchse der Ungläubigen, die ihrer Meinung nach erschreckend überhandnahmen. Rainer Burger wunderte sich bei der Aussage einer Frau gar nicht darüber, dass sie nichts von den Vorgängen verstand. Johannes Schertenleib erzählte von den Polizisten, die einige Male im Rathaus erschienen und ihre Fragen stellten. Und da machte er eine Bemerkung, die Rainer Burger wie ein Blitz traf. „Ich weiß nicht, was für ein Ungeheuer diese Morde begangen hat. Es ist typisch für ein Individuum, das nicht an Gott glaubt. Jeder, der nur einen Funken Glauben an einen Schöpfer in sich trägt, hätte so etwas nicht fertiggebracht."

Rainer Burger wurde es mit einem Schlag speiübel. In seiner Dumpfheit, die den ganzen Körper zu ergreifen begann, fragte er in die Runde: „Könnte nicht genau das Gegenteil der Fall sein? Stellt euch vor, jemand kann nicht mehr mit der Gewissheit leben, dass die Bevölkerung von der Gottesliebe abgeschnitten dahin vegetieren muss, weil die Ordnungshüter nicht auf dem richtigen Pfad wandeln. Sie geben kein gutes Beispiel an die Menschen weiter, die ihnen anvertraut sind. Mehr noch, sie enthalten den Menschen den Glauben und die Gnade Gottes vor. Einen rechtschaffenen Gläubigen kann so etwas schon in Rage versetzen, sodass er Gerechtigkeit schaffen will!"

Als er zum Schluss seines Sermons kam, war seine Stimme laut und fordernd geworden, sodass sich die Gemeindeglieder verstohlene Blicke zuwarfen.

„Rainer, ich kann deinen Einwand nicht verstehen. Wir Christenmenschen sind gegen jede Art von Gewalt!", donnerte Schertenleib etwas ungehalten zu Rainer Burger hinüber. „Ich bin erstaunt, dass du dieses Thema an unsere Tische bringst. Wir feiern immer noch die Ankunft Christi. Auch dir sollte dieser Umstand doch heilig sein."

„Auch dir sollte dieser Umstand doch heilig sein!", das hätte Schertenleib nicht sagen dürfen. Es klang so, als wäre er, Rainer Burger, auch ein Ungläubiger! Der Gedanke, dass er gerade im Schoße seiner Glaubensbrüder und -schwestern verkannt wurde, schmerzte ihn besonders tief. Das konnte nicht sein! Gerade sie müssten doch erkennen, welche Gnade hinter den Morden für die ganze Bevölkerung stand. Wettingen würde endlich befreit von den schmutzigen Gedanken der Verantwortlichen für Gemeinde und Bevölkerung. Wie sollte er die Ideen, die sein Hirn peinigten, aussprechen, wie sollte er sie formulieren? Er war sich seiner Handlungen so sicher gewesen. Mit tosendem Beifall und ungeteilter Zustimmung hatte er gerechnet, sobald die Hintergründe seiner Heilstat bekannt wurden. Ein Retter der gerechten Seelen, so sah er sich. Und nun das!

Nach dem Dessert, selbst gemachte Schwarzwälder Torte, von der Rainer Burger keinen Bissen hinunterbrachte, ging er hinaus. Sein Verschwinden bemerkte niemand. Zu unbedeutend war er auch in der Gemeinschaft der Spirituellen Christenmenschen.

Er streifte durch die nächtlichen Straßen von Wettingen. Konnte es sein, dass seine Brüder und Schwestern in Christo ihn nicht verstanden? Jeder wusste doch von dem unheilvollen Lebenswandel des Fredi Meier. War das Auslöschen dieses Lebens nicht völlig gerechtfertigt? Und der Linus Berz? Warum musste der ausgerechnet im Morgengrauen über den Sulperg torkeln und diese Heilstat stören? Warum musste er sein Gehirn und seine Seele mit Alkohol vergiften? Konnte er, Rainer Burger, da anders handeln? Nein, nein! Er war im Recht! Er genoss die Gnade Gottes! Davon war er doch immer überzeugt gewesen. Natürlich stimmte es, dass Gläubige, vor allem aus ihrer Gemeinschaft, nicht töteten. Aber große Taten forderten große Opfer.

Wurde da das Töten nicht zu einem Gnadenakt? Andererseits war es einem Gläubigen verboten, einen anderen zu töten. Wer dich auf die rechte Wange schlägt, dem biete auch die andere dar, war in der Bergpredigt zu lesen. Auge um Auge und Zahn um Zahn, wie im Alten Testament gesagt wurde, gelten nicht mehr! Rainer Burger verdrängte jede Anklage, die sich in ihm auszubreiten begann, gegen seine doch unvermeidbaren Taten. Doch die Worte von Johannes Schertenleib, nur ein Ungeheuer könne diese Morde begangen haben, pochten in seinem Schädel. Es sei eine typische Tat eines Individuums gewesen, das nicht an Gott glaubt. Wer nur einen Funken Glauben in sich trägt, hätte so etwas nicht fertiggebracht. Das sagte ein Mann, den er doch immer sehr bewundert und respektiert hatte. Einer, der ein gottesfürchtiges Leben ohne Tadel vorweisen konnte. Rainer Burger würde Johannes Schertenleib sogar als einen Freund bezeichnen. Sie besuchten zwar keinen Sportverein zusammen und hockten nicht gemeinsam im Wirtshaus. Sie beteten zusammen und das macht doch wahre Freundschaft aus. Johannes müsste eigentlich sein Handeln am besten verstehen. Wie konnte er nur so grausam sein, bar jeder Empathie? Nein, nein, er lag nicht falsch, er verdiente keine Verachtung, er war nämlich der Heilsbringer.

Sein Leben gab er für die Gemeinschaft, er war der, der nie aufmuckte, auch wenn er für alles Mögliche und Unmögliche eingespannt wurde. Letztes Jahr hatte er ein Mitglied der Gemeinschaft jeden Abend im regionalen Altersheim besucht, weil alle anderen sich davor scheuten. Der Alte war dermaßen ausfallend geworden, dass er alle aufs Massivste beschimpfte, die ihm in die Nähe kamen. Die Pflegenden wollten ihn schon abschieben, weil sie es mit ihm nicht mehr aushielten. Die anderen aus der Gemeinschaft konnten sich nicht weigern, schoben aber immer Termine vor, sodass er vorbildlich und tapfer sein Schicksal hinnahm und sich jeden Abend eine Stunde beschimpfen ließ. Er hockte mit gekrümmten Rücken neben dem Bett des Alten und hörte sich die Perversionen an, die in den gerialen Hirnwindungen immer neue schreckliche Kompositionen hervorbrachten. Er war doch der Gute. Einer, der alles ertrug, dem nichts zu viel wurde und der ein gesittetes Leben führte. Einer, der nicht nur um sein Seelenheil besorgt war, sondern auch um jede Seele in der Gemeinde.

Ω

Rainer Burger stand plötzlich vor dem Rathaus. Er hätte nicht mehr sagen können, auf welchem Weg er dahin gekommen war. Dorthin in dieses Haus, gehörte er! Da würde er gottgefällig amten. Oder lag er falsch? Er setzte sich auf die Treppe und vergrub den Kopf in seinen Händen. Wegen der frostigen Kälte war fast niemand unterwegs. Niemand, der ihn ansprach oder sich zu ihm setzte. Das war immer so gewesen! Er half den Menschen, wo er nur konnte. Aber wenn er ganz auf sich zurückgeworfen wurde, wenn er einsam und unendlich trübsinnig war, half ihm niemand. Rainer Burger realisierte ganz langsam, aber enorm schmerzhaft, dass er wieder einmal nicht verstanden wurde. Er hatte sich so viele Jahre mit seiner Tat auseinandergesetzt. Schließlich wurde sie in seinem Kopf zur Heilstat. Sein ausgeprägtes Empfinden für Recht und Gewaltlosigkeit schien seine mörderischen Gedankengänge gutzuheißen. Nach und nach wurde der Gedanke, Fredi Meier auszulöschen, zur Gewissheit. Zu einer gerechtfertigten Gewissheit! Was war eine Seele gegen die vielen Seelen, die in Wettingen lebten? Aber da war noch der Linus Berz! Wie passte dieser Kerl in seinen Heilsplan? Eben gar nicht! Fast instinktiv war er dem Linus nachgerannt. Er sah ihn nur noch als Verderber. Das durfte doch nicht sein. Ohne dass er sich dagegen wehren konnte, regte sich sein Gewissen. Er sah die dunklen Seiten seines Daseins. Solange verdrängte er diese Tatsache und redete sich selbst ein, die Schlechtigkeit der anderen wäre es, die seine Lebensweise fehlbar machten. Er hatte die Seelen nicht befreien können, sondern nur neues Unrecht gesät. Er redete sich nur ein, dass die Vernichtung von Fredi Meier eine gute Tat sei. Er hatte nicht aus Selbstlosigkeit gehandelt. Er wollte auf sich aufmerksam machen. Er wollte der Bessere sein. Der Gute, der weiß, wie gelingendes Leben aussah. Er meinte,

der heilbringende Führer von Wettingen zu werden. Er war nicht besser als die anderen und auch nicht besser als Fredi Meier oder Linus Berz! Er, er, er …
 Er war nicht der König der Herrlichkeit! Eine tiefe Depression machte sich breit. Wie sollte er damit leben? War denn niemand da, der ihm zuhörte, niemand, der seine Hand nahm und ihn zu verstehen versuchte, niemand, der ihm eine Absolution erteilte? Nein – er war einsam. So war es schon immer gewesen.
 Auch wenn er noch so viel mithalf, sich noch so viel beschimpfen ließ, gehörte er nicht dazu, war er keiner, den man vermisste, wenn er nicht da war.
 Das Leben war für ihn immer eine Mühsal gewesen. Ihm machte nichts Spaß. Ihm durfte nichts Spaß machen. Unbarmherzig schossen ihm diese Gedanken durch den Kopf. Er realisierte sein Verbrechen glasklar.

Domine Jesu Christe, Rex gloriae, libera animas omnium fidelium defunctorum de poenis inferni et de profundo lacu.
Herr Jesus Christus, König der Herrlichkeit! Erlöse die Seelen aller, die hingeschieden im Glauben, aus den Qualen der Unterwelt und aus dem Dunkel der Tiefe!

10.
Cor contritum – Zerknirschtes Herz

Langsam hob Rainer Burger den Kopf. Nein, er hatte sich nicht getäuscht. Es war niemand da. Das war mehr als seltsam. Oft hatte er sich gewundert, dass es immer Menschen in der Landstraße hatte, fast nie war sie menschenleer. Besonders im Winter, wenn es schon spät, dunkel und kalt war. Heute hätte er sich nach anderen Menschen gesehnt. Es hätten nicht einmal Bekannte sein müssen, sondern einfach nur Menschen, sodass er das Gefühl hätte, es wäre noch jemand da, noch jemand in der Nähe. Er wäre nicht ganz allein. Unendlich schwer war er geworden. Fast meinte er, er könne sich gar nicht mehr erheben. Wäre das so schlimm gewesen? Er könnte ja da sitzen bleiben und irgendwann einmal einschlafen. Morgen würden sie ihn erfroren auf der Rathaustreppe finden. Er könnte auch schreien und die Menschen aufschrecken, die sich rundum in ihren Wohnungen verschanzt hatten. Wäre diese Art von Kapitulation für einen Mann wie ihn denkbar? Rainer, schon der Name bedeutete im Althochdeutschen: göttlicher Ratgeber der Heerscharen, ein Heeres- und Volksberater. So einer kann seinen Niedergang nicht öffentlich zur Schau stellen. Fieberhaft überlegte er, wie es mit ihm weitergehen sollte. Sollte er sich einfach der Polizei stellen?

Ω

Aber wie konnte er anderen klarmachen, was ihn getrieben hatte? Wie viele Jahre die Idee des großen Befreiers, zuerst nur zaghaft, in seinem Kopf einen Platz fand? Dann aber immer dichter wurde und schließlich so mächtig in sein Hirn drang, dass sie ihn jeden Augenblick des Tages beherrschte. Wie konnte er die

Überzeugung vorbringen, die ihn glauben ließ, er würde mit seinen Taten zum gefeierten Erlöser werden? Wie ein dünner Schleier legte sich dieser Wahnsinn über ihn. Wenn er sich für einen kurzen Moment lichtete, so wie jetzt, erkannte er die Tragweite seines Tuns. Dann aber fiel er in diesen Nebel von Realitätsverschiebung zurück. Da wurde für ihn wieder alles möglich. Er fürchtete sich vor sich selbst. Dieses andere Ich war ihm unheimlich und auch suspekt. Wenn er in diesem Zustand war, war er der ganz andere, der Unbesiegbare, dem rettenden Messias gleich. Er war der Retter der Menschen. Mit diesem Gedanken war er wieder in seiner irren Welt angekommen.

Die Worte von Johannes Schertenleib drangen dennoch zu ihm durch und schnitten wie Schwerthiebe in sein Fleisch; er wisse nicht, welches Ungeheuer diese Morde begangen habe. Es müsse ein Ungläubiger gewesen sein. Einer, der nicht einen Funken Glauben in sich trage.

Konnte es sein, dass ihn, Rainer Burger, niemand verstand? Dieser großartige Gedanke, in der heutigen Zeit eine Hinrichtung wie vor zweitausend Jahren zu inszenieren, um eine ganze Region zu retten, konnte von den Glaubensbrüdern weder aufgenommen noch verstanden werden. Diese geniale Umkehr, die sich in der Geschichte immer wieder niederschlug, wie auch bei der Französischen Revolution. Das Volk kreuzigte oder guillotinierte (Guillotine, auch als Fallbeil bekannt) den Ordnungshüter, weil er moralisch nicht genügte. Überhaupt keine Moral besaß. Das Volk, in diesem Fall er als Bürger, griff ein, weil die Gebote nicht beachtet wurden. Die Machtverhältnisse wurden umgedreht und bekamen somit eine enorme politische Brisanz. So sprangen seine irrwitzigen Gedanken von der Realität in die Fantasiewelt, wie wild gewordene Äffchen, hin und her.

Der Erlösergedanke flammte wieder auf. Er hatte wirklich zwei Seelen in seiner Brust. Die eine war eine Erlöserseele, die alles bewerkstelligte und aushielt, um Großes zu vollbringen, was auch Mord für dieses Große mit einschloss. Die andere war die eines Christen. Diese wusste, dass man keinem Menschen schaden durfte. Und sei die Motivation noch so edel. Sie hielt beide Wangen hin, um Gewaltlosigkeit bis zur letzten Konsequenz bemüht. Und somit wurde diese auf den ersten Blick niedere Haltung, zur Größe hinauf katapultiert. Die vermeintlich Großen und Machtvollen wurden erniedrigt. Rainer Burger wusste nicht mehr, ob Gewalt oder Gewaltlosigkeit Attribute für den Erlöser waren. War nicht er derjenige, der die Händler zum Tempel hinaustrieb? Genauso wie der Nazarener? Der hatte aber niemanden umgebracht! Er selbst aber schon! Er hatte eben auch dunkle Seiten in seiner Seele! Sein Gewissen schlug hohe Wellen und spülte das Aufflammen seines heroischen Erlösergedankens weit fort.

Er war nicht ohne Fehl und Tadel!

Er machte Fehler.

Er verdrängte seinen Anteil an Schuld und redete sich ein, seine Taten wären gerechtfertigt.

Er führte kein gelingendes Leben. Alles, was er im Gemeindeleben tat, hatte einzig und allein den Grund, sich als der Gute aufzuspielen. Die anderen, die ihr eigenes Leben führten, waren die Schlechten. Hatte es etwa damit zu tun, dass er sich nicht getraute, so zu sein wie die anderen, so wie Fredi Meier? Und darum eifersüchtig um Rache sann?

Er wollte es den anderen zeigen! Gleichzeitig festigte sich aber auch das Bewusstsein in ihm, dass er nicht der König der Herrlichkeit war!

Sein Leben hätte auch anders verlaufen können. Hätte er nicht eine immer kranke Mutter gehabt und keinen Patriarchen zum Vater, der die Mutter und den kleinen Rainer tyrannisierte. Dann wäre er ein ganz normaler Junge gewesen, der Streiche spielte oder zum Klavierunterricht geschickt wurde.

Er wäre mit den anderen ins Kino gegangen und hätte sich auch einmal betrunken. Vielleicht hätte er die Mädchen fasziniert, und er hätte immer wieder Freundinnen gehabt. Und schließlich hätte er geheiratet und eine Familie gegründet. Ein ganz normales Leben hätte er gelebt. Auch mit der Option, dass nicht alles gelang. Dass er vielleicht nicht gelernt hätte, Klavier zu spielen. Oder dass ihm einer der anderen Jungs ein Mädchen ausspannte. Vielleicht hätte er ab und zu Liebeskummer gehabt.

Sein Job hätte ihm eventuell nicht gepasst. Es hätte auch sein können, dass er geschieden wäre. Aber dies alles wäre immens viel besser, als ein verlassener Bemüher zu sein. Bemüht, um dazugehören zu dürfen, bemüht, um Achtung zu erlangen, bemüht um Zuneigung. Er lebte doch auch hier in Wettingen und war ein Mensch. Warum schien das niemanden zu interessieren? Er wurde ja nicht einmal wahrgenommen.

Eines war ihm aber klar wie Quellwasser: Er konnte nicht mehr gerettet werden. Nie würden die Einwohner von Wettingen sein Opfer annehmen. Dazu war die Zeit vielleicht nicht reif oder die Verblendung aller zu stark. Oder war er ein ganz gemeiner Mörder? War er die Quelle des Bösen?

$$\Omega$$

Rainer Burger wusste nicht, wie er an die Limmat gekommen war. Durch welche Straße er gegangen war. Etwa durch die Alberich Zwyssigstraße zur Tägerhardstraße und über die Bahnbrücke oder die Bahnhofstraße hinunter durch die Gerstenstraße bis zur Bahnbrücke?

Er stand aber da. Schleppend wie ein uralter Mann ging er über die Brücke. Weiter den Weg hinunter zum Kraftwerk und dann wollte er Richtung Neuenhof gehen. Beim Fußballplatz konnte er fast nicht mehr weiter. Seine schweren Gedanken und die Last der Schuld, die er auf sich geladen hatte, drückten ihn fast zu Boden. Er ließ sich auf die Parkbank fallen.

Wie ein Blitzlicht tauchte das alte Stubenbuffet der Großmutter mütterlicherseits vor seinem inneren Auge auf. Dort hatte er die Sedativa, die sein Vater bekam, gesammelt. Er war der Meinung, sein Vater solle die Angst spüren, die ihn am Lebensende eiskalt erwischte. Frau Moosberger, die Schwester von der Spitex, wunderte sich und sagte, sie könne es nicht mehr verantworten, die Dosis zu erhöhen. Warum das Medikament nicht anschlug, konnte sie sich nicht erklären. Morgens gab sie es ihm jeweils selbst und vertraute die übrigen Abgaben Rainer an. Nie wäre sie auf die Idee gekommen, dass dieser vorbildliche und überaus besorgte Sohn Medikamente unterschlug. Das Buffet stammte aus der Familie de Moret aus Versoix bei Genf. Das waren die Eltern seiner Mutter. Eduard und Line de Moret, die anfangs noch stolz auf ihren Schwiegersohn waren. Ihre Tochter Berte schien eine gute Partie gemacht zu haben. Alles schien gut zu sein, bis Berte ihren Eltern einmal erzählte, dass sie von ihrem Ehemann auf den Mund geschlagen wurde, wenn sie einen Anspruch stellte. Erschrocken bedrängten die Eltern Berte weiter, bis sie den grausamen Alltag ihrer Tochter kannten. Sie beschworen Berte, doch endlich diesen Mann zu verlassen und zurück nach Versoix zu kommen. Aber Berte fand die Kraft dazu nicht. Als dann noch der kleine Rainer geboren wurde, war sie sowieso nicht mehr in der Lage, sich gegen ihren Peiniger aufzulehnen. Er drohte ihr fast täglich, den Jungen wegzugeben, weil sie zu dumm und zu faul sei als Mutter und Hausfrau. Berte gab sich alle Mühe, das Haus immer peinlich sauber zu halten und wirklich immer pünktlich das Essen auf dem Tisch zu haben. Und zwar warm! Kam er später, reklamierte er, das Essen wäre nur noch lauwarm. Kam er früher, beschwerte er sich, das Essen wäre zu heiß. Er verbrenne sich ja den Mund. Das nächste Mal würde er ihr das Essen ins Gesicht schmeißen. Dann wüsste sie, wie heiß es wäre. Machte Rainer einen Mucks, wurde er hysterisch. Berte könne das Kind nicht erziehen, war sein Fazit.

Ihr blieb wirklich keine andere Flucht als die Demenz. Da war sie nicht mehr erreichbar und unzerstörbar für ihn geworden. Sein Vater tröstete sich schnell über diesen Schicksalsschlag hinweg. Er kümmerte sich überhaupt nicht mehr um Berte. Die Ratschläge der Ärzte, Berte ins regionale Krankenheim zu geben, schlug er allesamt aus. Das war ihm zu teuer. Rainer konnte sich um die Mutter kümmern. Schließlich wohnte er ja noch zu Hause! Auch das war ihm sehr recht. Er begann Rainer genauso klein zu machen wie vorher Berte. So war auch er bald seinem Vater ausgeliefert und traute sich nicht mehr zu, das Elternhaus zu verlassen.

Die Nachbarn bemerkten nichts. Sie glaubten, die Burgers lebten zurückgezogen, weil sie nur mit Leuten aus der Gemeinschaft verkehrten. Wenn Frauen kamen, meinte man, sie gingen dem alten Burger im Haushalt zur Hand. Niemand hätte hinter dem frommen Mann einen perversen Lüstling vermutet. Diese Tabletten waren noch da. Im zweituntersten Schaft auf der linken Seite, unter einem Kuvert versteckt. Die würden sicher reichen, um in die Ewigkeit hinüberzudämmern. Sollte er sie nehmen und für immer seine Ruhe haben, unerreichbar und unzerstörbar werden wie Berte, seine Mutter? Was würde das für ihn am Jüngsten Tag bedeuten? Selbsttötung war eine arge Sünde! Und wie sollte er das anstellen und vor allem wo?

Ω

Steif und durchfroren erhob sich Rainer Burger von der Bank. Er musste nach Hause. Langsam setzte er sich in Bewegung. Das Kraftwerk wirkte unheimlich in dieser kalten Dunkelheit. Rainer Burger hörte das Rauschen der Limmat. Wenn er sich einfach über die Brüstung fallen lassen würde, dann wäre er erlöst. Aber nein – in Wettingen wollte er es nicht tun. Warum, das wusste er nicht einmal genau. Er wollte einfach nur weg. Oft hatte er von Suizidpatienten gehört, denen alles egal war. Auch wenn andere an ihrer Entscheidung leiden mussten, wie zum Beispiel wenn sich jemand vor eine Lok warf und den Lokführer damit psychisch schwer belastete. Das wollte er nicht. Aber der Gedanke, in einem Zug zu sterben, war für ihn geradezu verlockend. Im Zug starben viele Leute an Herzversagen. Das las man immer wieder in der Zeitung. Er wollte sein Versagen, seinen Ruin, nicht noch öffentlich präsentieren, wie das bei einem Sprung von der Staumauer sicher der Fall wäre. Es könnte ihm eigentlich egal sein. Aber wer weiß, vielleicht bekommt man ja nach dem Tod doch noch so einiges mit. Dann würde er sich über einen unschönen Abgang ärgern. Er wollte lieber heroisch in der Erinnerung der Nachwelt bleiben. Rainer Burger lief am Bahnhof vorbei. Auch dort war alles dunkel und still. Wie er den Weg durch die Seminarstraße zur Schwimmbadstraße und die Abzweigung in die Nägelistraße schaffte, nahm er nicht bewusst wahr. Wahrscheinlich würde er in Wettingen alle Straßen, ohne groß nachzudenken, finden. Er war da aufgewachsen. Sein Elternhaus lag völlig im Dunkeln. Auch bei der Nachbarin, die kürzlich ein Kind geboren hatte, brannte kein Licht. Obwohl er sonst beobachtete, dass sie oft nachts ihr Kind stillte oder tröstete. Wie sie hieß, wusste er nicht einmal. Er sah sie nachts oft an den hell erleuchteten Fenstern mit dem Kind im Arm vorbeigehen.

Mit bebenden Fingern schloss er die Haustüre auf. Er machte kein Licht. Auch da würde er sich im Schlaf zurechtfinden. Sein Blick fiel auf die alte Pendule, als er an der offenen Wohnzimmertür vorbeiging. Aber wie spät es war, konnte der Unglückliche nicht sehen. Dazu war es zu dunkel. Aber Mitternacht war sicher schon lange vorbei. Das war gut so. Er würde mit dem ersten Zug in Richtung Koblenz fahren. Weg von Wettingen. In Koblenz würden sie ihn finden. Dort kannte ihn niemand. Und zudem war die Bahnstrecke Baden – Koblenz seine Lieblingsstrecke. Er wusste, dass der Zug schon kurz nach fünf Uhr morgens losfuhr. Zuerst ging es durch Dörfer, die aussahen wie früher einmal Wettingen. Turgi hatte einen schönen Bahnhof mit großem Vorplatz und Kiosk. Nach Döttingen sah man ab und zu die Aare.

Wenn es Alkohol im Haus gehabt hätte, könnte er die Tabletten in der Flasche auflösen und in der Windjacke verstecken. Er verabscheute Alkohol sein Leben lang. Aber jetzt wäre er froh gewesen, Schnaps im Haus zu haben. Warum, das wusste er nicht. Wahrscheinlich werden alle Gewohnheiten unwichtig im Angesicht des Todes. Zudem hatte er schon oft gelesen, dass bei Giftmorden das Gift mit Alkohol verabreicht wurde. Wahrscheinlich schmeckte man es dann nicht. Das machte das Sterben angenehmer, erträglicher.

Er würde bald vergessen sein. Oft war er erschrocken, wenn er vom Gemeindeamt einen Brief bekam, dass das Grab einer seiner Angehörigen aufgehoben wurde. War schon so viel Zeit vergangen? Zeit, in der er nie an den Verstorbenen gedacht hatte? Wie schnell Tote doch vergessen sind! Ihre Gebeine werden ausgegraben und die wenigen, die den Toten überhaupt noch gekannt haben, sind vom Winde verweht und haben ihre eigenen Probleme. Die Toten sind aus dem Bewusstsein der Lebenden herausgefallen. Dann sind sie wirklich tot und dem Vergessen anheimgefallen.

Ω

Wendepunkte, die ein Leben völlig auf den Kopf stellten, hatten Rainer Burger immer erschaudern lassen. Bei seinen Besuchen im Altersheim wurden ihm viele solcher Ereignisse erzählt, die Menschen unerwartet und brutal trafen. Das Leben schien in immer gleichen Bahnen zu laufen. Schon wächst in einem langsam die Gewissheit, dass alles überschaubar und planbar wäre. Und ohne dass man weiß wie es geschah, findet man sich auch neben der Lebensbahn liegen. Alles, was man geglaubt und geplant hatte, war auf einen Schlag zunichtegemacht. Das könnte mir nicht passieren, denkt man. Und dann sitzt man da und merkt, dass die Welt aufgehört hatte sich zu drehen. Aber nicht für alle, sondern nur für einen selbst. Nichts wird je wieder so sein, wie es einmal war.

In den vielen Predigten und Hauskreisabenden bei den Spirituellen Christenmenschen hatte er gelernt, dass nur Menschen, die zu wenig geglaubt und gebetet hatten, so schwer bestraft würden, Menschen, die nur für sich schauten und andere gewissenlos verletzten. Wie in biblischen Zeiten in den Städten Sodom und Gomorra.

Aber er hatte geglaubt und gebetet. Er war für andere da und achtete darauf, niemanden zu verletzen. Niemanden zu verletzen? Stimmte das? Ja – es stimmte lange Zeit. Doch dann beging er zwei Morde, er, der doch ein gläubiger Mensch war und christlich leben wollte.

Oro supplex et acclinis, cor contritum quasi cinis:
Gere curam mei finis.
Mit zerknirschtem Herzen wende flehend ich zu dir
die Hände: Steh mir bei an meinem Ende.

11.
Absolutio – Vergebung

Das Fahndungsteam traf sich vor Silvester im provisorisch eingerichteten Büro von Rosa Lindner bei der Repol an der Landstraße in Wettingen. Es ergaben sich keine anderen konkreten Verdachtsmomente außer der Spur zu Rainer Burger und zu Emmi Keller. Die nochmaligen Vernehmungen von Alois Kaufmann und Ewald Looser hatten wieder nichts gebracht. Außer, dass Ewald Looser kurz ausflippte und Fritz König fast umgestoßen hätte, weil er die Fragen als massiven Eingriff in seine Intimsphäre empfand. Fritz König hatte lediglich noch einmal wissen wollen, wie es genau abgelaufen war, als Alois Kaufmann an diesem besagten Morgen der Morde bei ihm klingelte. Ob Looser schon angezogen gewesen wäre. Alois Kaufmann konnte gar nichts mehr zu den äußeren Umständen sagen. Er war dermaßen erschrocken, dass er nicht einmal mehr wusste, wie das Wetter an diesem Morgen war. Er war wirklich ein alter Mann.

Emmi Keller wurde ein paar Tage beschattet. Rosa Lindner wollte wissen, ob sie zu möglichen Mittätern, vor allem aus der Gemeinschaft der Spirituellen Christenmenschen, Kontakt aufnahm. Sie besuchte aber nur die Bibelabende und die Gottesdienste. Ihre Waffen, Erbstücke ihres Vaters, wurden beschlagnahmt und überprüft. Emmi Keller war sehr aufgebracht und wehrte sich mit Händen und Füßen, was sie noch mehr verdächtig machte. Aber Rosa Lindners Bauchgefühl sagte ihr ganz deutlich, dass sie es nicht war.

$$\Omega$$

Rosa Lindner war sich sicher, dass Rainer Burger der Täter war. Auch wenn es fast utopisch klang, dass Burger so eine grauenhafte Tat im festen Glauben, die Bevölkerung zu retten, verübt hatte. Indizien lagen zwar nicht vor, aber wenn sie Rainer Burger in die Mangel nehmen würde, würde man ja sehen, was der Herr Retter zu sagen hatte.

Sie fuhren zum Haus von Rainer Burger an der Nägelistraße. Rosa Lindner und Hansjörg Bhend gingen zum Vordereingang und läuteten. Hugo Benz wartete auf dem Trottoir vorne bei der Schwimmbadstraße, Fritz König lauerte hinter dem Haus, für den Fall, dass Rainer Burger zu fliehen versuchte. Aber niemand öffnete. Im Nachbarhaus kam Elsbeth Zumbühler aus dem Haus. Sie wollte sich noch etwas die Beine vertreten, sagte sie zu Hugo Benz und fragte bei dieser Gelegenheit auch gleich nach dem Grund ihres Hierseins. Hugo Benz ging nicht auf die Frage ein und erkundigte sich nach Rainer Burger. Er sah nämlich, dass sich auf das Klingeln von Rosa Lindner und Hansjörg Bhend nichts rührte.

„Der Rainer ist sicher an der Lichtfeier bei den Spirituellen Christenmenschen", sagte Elsbeth Zumbühler und schaute sich gwundrig (neugierig) um. „Weißt du, Hugo, die feiern ein paar Mal Weihnachten oder so etwas Ähnliches. Also letztes Jahr…" Da wurde sie von Hugo Benz unterbrochen. Er wies sie an, weiterzugehen. Dies wäre eine polizeiliche Intervention und da hätten Zivilistinnen nichts zu suchen. Elsbeth Zumbühler zog massiv beleidigt ab.

„Wir müssen zu den Spirituellen Christenmenschen, Rosa", raunte Benz, als Rosa Lindner und Hansjörg Bhend wieder auf die Straße traten.

Ω

Im feierlich geschmückten Gemeindesaal der Spirituellen Christenmenschen saß der Ältestenrat der Gemeinschaft und diskutierte über die geplanten Gottesdienste im neuen Jahr. Der Älteste, ein frommer Mann mit ergrautem Haar und grauem Anzug, referierte lauthals und gestikulierte dazu. Die gläubigen Mitstreiter hörten ihm fasziniert zu. Niemand außer einer älteren

Frau, die gerade aus der Küche kam, bemerkte, dass sich Fremde Zutritt verschafft hatten. Schnell ging sie zum Ältesten und stieß ihn mit dem Ellbogen an. Der war zuerst bass erstaunt, dass eine Frau ihn beim Referieren störte, und zeigte dann mit einer abwehrenden Geste seinen Unmut. Doch die Frau ließ nicht locker und so musste er ihr zuhören. Scheinbar verstand er doch, was die Frau sagte, und er begann den Kopf zu drehen und die Eindringlinge zu suchen. Rosa Lindner machte ein paar Schritte in den Saal hinein und zückte ihren Ausweis.

„Rosa Lindner, Kriminalpolizei Kanton Aargau, das sind meine Kollegen Herr Hansjörg Bhend und Herr Hugo Benz", sagte sie und hielt dem Ältesten den Ausweis direkt vor die Nase.

„Wir suchen Rainer Burger. Er ist doch ein Gemeindemitglied Ihrer Kirche oder?"

Der Älteste schien zu überlegen, ob er mit einer Frau als Polizistin reden sollte. Bis dahin hatte er nur mit Männern in so wichtigen Positionen zu tun gehabt. Aber heutzutage musste man sich ja über nichts mehr wundern.

„Ja, der Rainer Burger ist ein unbescholtener Bürger und Mitglied der Spirituellen Christenmenschen. Was wollen Sie von ihm?"

„Das sagen wir ihm selbst, Herr … wie ist Ihr Name?"

„Ich bin der Älteste und heiße Albin Zweifel, warum?"

„Also Herr Zweifel, wo ist Rainer Burger?"

„Das ist ja die Höhe! Sie kommen einfach hier herein und stören unsere Versammlung! Zudem suchen Sie ein Mitglied unserer Gemeinde und wir dürfen nicht einmal erfahren, warum. Was glauben Sie eigentlich, wer Sie sind? Ihr Status als Frau ist schon von der Bibel her gesehen ein völlig anderer. Warten Sie gefälligst, bis wir fertig sind. Dann reden wir gerne mit Ihren Kollegen. Frauen gehören an den heimischen Herd und sind Versorgerinnen. Das ist ihre Natur. Auch wenn Sie persönlich nicht zu unserer Gemeinschaft gehören, müssen Sie das einsehen."

„Wenn Sie nicht in der Lage sind, mit mir zu reden, lasse ich Sie verhaften. Vielleicht reden Sie mit mir auf dem Polizeiposten", sagte die Lindner mit stoischer Ruhe. Bewusst theatralisch drehte sie sich um, winkte Bhend und Benz zu und wollte gehen. Da lenkte der Älteste ein, schließlich konnte er sich doch nicht gegen die Staatsgewalt auflehnen.

„Der Rainer Burger ist nach dem Essen verschwunden. Das ist sehr unanständig! Das hat er noch nie gemacht!", zischte er.

„Warum ist er verschwunden? Was hat ihn dazu bewogen?"

„Das weiß ich nicht. Er saß nicht an meinem Tisch", log der Älteste.

„Dann will ich die Leute sprechen, die bei ihm saßen", beharrte die Lindner weiter.

„Also gut", lenkte er leicht angewidert ein. „Er wollte uns weismachen, dass die Geschehnisse der letzten Zeit, die hier in Wettingen passiert sind, ja, wie soll ich sagen, so etwas wie eine Berechtigung hätten. Das ist ja in höchstem Maße blasphemisch! Wir haben ihn selbstverständlich gleich entsprechend korrigiert. Da sagte er nichts mehr. Nach einer Weile merkte ich, dass er gegangen war. Mehr kann ich Ihnen nicht sagen."

„Wie ist Rainer Burger hier in Ihrer Gemeinschaft? Wie verhält er sich? Denken Sie, dass er an einem religiösen Wahn leiden könnte? Trauen Sie ihm eine brutale Tat zu?", fragte Rosa Lindner.

Albin Zweifel vergaß zu atmen. War diese Frau verrückt geworden? „Also hören Sie, Frau ... äh ... ja, Frau Lindner, das ist doch die Höhe. Der Rainer mag manchmal etwas seltsam sein, aber mit diesen brutalen Taten, damit meinen Sie sicher diese grauenhaften Morde, hat er nicht das Geringste zu tun! Rainer ist immer hilfsbereit. Er weiß, was sich gehört. Zudem hatte er es die letzten Jahre nicht leicht. Zuerst starb sein Vater, den er übrigens zu Hause aufopfernd gepflegt hatte. Das würden nicht alle Söhne für ihre Väter tun. Ein paar Monate später starb die Mutter, die trotz schwerer Demenz auch noch zu Hause lebte, bis der Franz bettlägerig wurde. Da kam sie ins regionale Krankenheim. Rainer besuchte sie jeden Abend, wenn er auf dem Nachhauseweg von der Arbeit war. Mit Berte Burger war es übrigens nie einfach. Sie hatte eine Sturheit, die oft bei Frauen feststellbar ist. Meinen Sie, der Rainer hätte da noch Zeit gehabt, um sich solche Gräueltaten auszudenken? Zudem ist der Rainer ein gläubiger Mann. Da erübrigen sich wohl jede Diskussion und auch jegliche Ermittlungen gegen ihn. Nein, nein, da liegen Sie völlig falsch!"

Rosa Lindner nutzte eine Atempause, um Albin Zweifel zu unterbrechen. Nach diesem Sermon erwartete sie keine Hilfe, ja nicht einmal eine reale Einschätzung von ihm. „Wie nahmen Sie Rainer Burger wahr?", fragte sie die anderen vier Männer am Tisch. Ein junger Mann mit krausem Blondhaar sank in seinem Stuhl zusammen. Wahrscheinlich wollte er sich so unsichtbar wie möglich machen, um nicht antworten zu müssen. Gegenüber saß ein Mann, etwa Mitte vierzig. „Ich heiße Kurt Vogel und bin sozusagen der Sakristan in unserer Gemeinschaft. Auch ich kenne den Rainer schon viele Jahre. Ich kann Ihnen versichern, dass der Rainer ein treu ergebenes Mitglied unserer Gemeinschaft, der Spirituellen Christenmenschen, ist." Er schaute zum Ältesten, Albin Zweifel, hinüber, um die Reaktion auf seine Beteuerung zu erforschen. Wollte er doch in der Gemeinschaft Sympathiepunkte sammeln.

Rosa Lindner sah resigniert zu Hansjörg Bhend hinüber. Sie würden hier nie eine konkrete Aussage bekommen. Aber da überraschte sie der vierte Mann im Bunde.

„Ich glaube, wir sollten schon berichten, dass der Rainer auch ab und zu eine sehr bedenkliche Seite zeigte. Bei der Lichtfeier wirkte er abwesend. Sein Gesicht war irgendwie maskenhaft und seine Augen glänzten unnatürlich. Er konnte fast nicht abwarten, bis der Gottesdienst zu Ende war und wir uns zum Mahl setzten. Ich hatte den Eindruck, Rainer wollte etwas Wichtiges sagen. Als er dann mit diesen Morden anfing, waren wir alle konsterniert. An so einem Anlass war dieses Thema einfach tabu. Wir freuten uns alle noch einmal über die Ankunft des Herrn und wollten das Böse der Welt nicht zu uns hereinlassen. Aber mit Rainer kam es in unsere Runde und erschreckte alle. Seine Aussage war äußerst unpassend. Er meinte, dass die Ordnungshüter von Wettingen nicht auf dem richtigen Pfad seien. Sie wären kein gutes Beispiel für die Menschen, die ihnen anvertraut wären, wegen der Gnade Gottes, die sie verhindern würden und so. Und dann sagte er noch, dass man verstehen müsste, wenn das einem zu viel würde und einer Gerechtigkeit schaffen wolle. Das fand ich äußerst komisch."

„Würden Sie Rainer Burger diese Tat zutrauen?"

„Ich weiß nicht recht. Eigentlich nicht. Aber seit einiger Zeit gefiel er mir nicht mehr. Er wurde schnell zornig, ja fast hysterisch, wenn jemand nicht seiner Meinung war. Als sein Vater noch lebte, sagte er nie etwas. An Versammlungen betete er das nach, was sein Vater sagte. Nervös fand ich ihn eigentlich immer, aber nicht so pedantisch wie in letzter Zeit. Er war immer fleißig und bescheiden."

„Wissen Sie, wo er sein könnte?"

„Nein, wenn ich es recht bedenke, muss ich sagen, dass wahrscheinlich niemand etwas Näheres über Rainer Burger weiß. Ich meine, etwas von außerhalb unserer Gemeinschaft. Freunde hat er sicher sonst keine. Jedenfalls habe ich ihn nie mit jemand Fremden gesehen und er hat auch nie jemanden mitgebracht."

„Sie haben uns sehr geholfen, Herr …"

„Simon Huser ist mein Name. Ich bin Aktuar hier."

Qui Mariam absolvisti, et latronem exaudisti, mihi quoque spem dedisti.
Hast der Sünderin verziehen und dem Schächer Gnad' verliehen, sieh auch mich vertrauend knien.

12.
Preces meae – Meine Bitten

Er konnte sich immer auf die Lehren der Spirituellen Christenmenschen und seinen Glauben daran verlassen. Sie bestimmten seine Auffassung von Gut und Böse. Zudem hatte sein Vater schon früh angefangen, den kleinen Rainer zu unterweisen. Verstand er einen Zusammenhang nicht, wie etwa, man solle seine Eltern ehren und schulde ihnen ungeteilten Gehorsam, so züchtigte ihn der Vater massiv. Einmal sollte er die Fensterläden (Jalousien) putzen. Er war damals in der dritten Klasse. Als schwächliches Kind hatte er nicht die nötige Körperkraft, um die Läden aus den Angeln zu heben und zum Waschen auf Holzböcke zu hieven. Der Vater beschuldigte ihn der Faulheit. Kraftlosigkeit ließ er nicht gelten. Er schlug den weinenden Rainer mit seinem Hosengürtel, sodass er eine Woche nicht mehr zur Schule gehen konnte. Seine Beine fühlten sich taub an und waren wie gelähmt. Erst nach sechs Tagen konnte er wieder aufstehen. Die Mutter war damals schon halbwegs in ihrer Depression versunken. Sie presste die Lippen zusammen, strich ihm aber übers Haar, wenn es der Vater nicht sah. In der Schule sagte er, er hätte eine böse Grippe gehabt. Niemand bezweifelte dies. Rainer war schon als Junge alleingelassen mit seinen Nöten und Ängsten. Wie das bei misshandelten Kindern typisch ist, gab auch er sich die Schuld für die Züchtigungen seines Vaters. Er, Rainer, konnte nichts, er war schwach und genügte nicht. Darum war er selbst schuld, wenn er geschlagen wurde. Sein Vater brachte ihm gewaltsam die Regeln des Lebens bei, wie er anständig und gottesfürchtig handeln musste. Denn während der Lebensspanne hatte der Mensch die Gelegenheit, für sein Seelenheil zu sorgen. Kam er nach dem Tod zur Reinigung ins Fegefeuer, würde seine Pein und Qual entsprechend ausfallen. Wenn er dereinst gefragt wurde: *Mensch, hast du in deinem Leben Gerechtigkeit walten lassen?* wollte Rainer Burger gewappnet sein.

Im Moment wusste er nicht mehr, was Gerechtigkeit war. Felsenfest war er überzeugt gewesen, mit der Vernichtung der Ungerechten und Gottlosen keine Sünde begangen zu haben. Aber sein Felsen wankte. War er doch auf dem Holzweg? Wie konnten Mitglieder der Spirituellen Christenmenschen diese Reinigung als Morde eines Gottlosen sehen? Warum verkannten sie diese Taten, sahen den reinigenden Prozess dahinter nicht? Vermutlich war dies auch die Ansicht der ganzen Bevölkerung. Niemand würde ihn als Held feiern. Warum war er wieder ganz allein? Warum hatte er nicht den Mut, sich an der Lichtfeier zu outen, die Führung der Gemeinde zu übernehmen und diese im Glauben zu stärken? Schuld waren seine eigenen Zweifel! Denn er hatte getötet, er hatte nicht die Stärke gehabt, seinen inneren Wünschen und Sehnsüchten zu widerstehen. Er wollte um jeden Preis Führer werden, in der Gemeinde der Spirituellen Christenmenschen und in Wettingen überhaupt. Nein – er konnte sich nicht in Demut seinem Schicksal ergeben. Er wollte mehr sein als ein unbedeutender Gläubiger! Dieser heroische Gedanke hatte sich zuerst ganz unmerklich in sein Denken eingeschlichen und immer mehr Platz und Präsenz gefordert, bis er sich schließlich festgehakt hatte. Von ihm sollte man sprechen, ihn sollte man bewundern und zu ihm sollte man aufschauen.

Wenn er sich töten würde, wie konnte er dann die Reinigung überstehen? Was geschah mit ihm? Würde er in der Hölle landen? Hatte er keine Aussicht auf das Himmelreich? Wieder musste er an Sodom und Gomorra denken ...

$$\Omega$$

Rosa Lindner und Hugo Benz waren sich einig. Es war zwar schwer vorstellbar, dass zwei Morde auf eine derart unvorstellbar naive Art geschehen waren und niemand das offensichtlich auf der Hand Liegende glaubte. Natürlich machte man über die verschiedensten Mitbürger derbe Witze oder wünschte jemandem, ohne mit der Wimper zu zucken, die Pest an den Hals. Vor allem bei Politikern war man ja schnell einmal bereit, Verwünschungen und Morddrohungen auszusprechen. Aber wenn da jemand war, der diese Verwünschten auch tatsächlich tötete, dann glaubte man das nun doch nicht.

Unter der Bevölkerung von Wettingen wurden viele Theorien über die Morde aufgestellt: Fremde, die eine Art Mafia aufbauen würden und zur Abschreckung erst einmal ein Mitglied des Gemeinderates kreuzigten, Lustmörder, die sich an grausamen Tötungen labten und schließlich Raubmörder, die auf eine andere Spur leiten wollten.

Auch Rosa und Hugo konnten nicht glauben, dass es so einfach wäre, wie sie doch schon einmal diskutiert hatten. Ein religiös motivierter Mord schien ihnen zu einfach und gleichzeitig zu absurd. Nun deuteten alle Hinweise doch auf Rainer Burger.

Ω

Rainer Burger schlich im Morgengrauen aus dem Haus. Bei der Abzweigung Seminarstraße – Schwimmbadstraße blieb er stehen und schaute Richtung Bahnhof. Vor der Bäckerei war wohl schon Betrieb. Auf der Straße waren noch keine Fußgänger unterwegs. Nur ab und zu fuhr ein Auto vorbei. In der morgendlichen Dämmerung huschte er die Schwimmbadstraße hinunter bis zur westlichen Seite des Bahnhofs. In der Unterführung musste er die Verbindung nachsehen. Von Gleis 5 aus fuhr die S12 um 5.12 Uhr nach Baden. Da musste er umsteigen Richtung Döttingen und dann nach Koblenz. Dort würde er aber nicht mehr lebend ankommen. Auch die schöne Aare und den Klingnauer Stausee würde er nicht mehr sehen und das war gut so. Wenn der Zug in Koblenz Dorf gereinigt wird, um dann wieder die Fahrt nach Baden aufzunehmen, würde man ihn finden, tief im ewigen Schlaf liegend. Vielleicht würde man annehmen, er wäre einem Herzinfarkt erlegen. Von solchen Todesfällen konnte man ja immer wieder lesen. Menschen, die sich abhetzten und wenn sie endlich

Ruhe fanden im Zug, schlug das Herz nicht mehr, machte einfach nicht mehr mit. Niemand würde ihn in einem schlechten Licht sehen und vermuten, dass er getötet hatte, andere und sich selbst. Er wäre reingewaschen. Bei seiner Beerdigung würde man sagen, der arme Rainer Burger war immer für alle da, bis sein Herz aufhörte zu schlagen. Er wollte nicht als Mörder dastehen. Hätte er doch anders gehandelt. Wäre er doch nicht so zerrissen gewesen. Hätte er doch auf seine immer wieder aufblitzenden Gedanken gehört, die ihm sagten, dass etwas falsch lief in seinem Leben. Nun war es zu spät!

Preces meae non sunt dignae, sed tu bonus fac benigne,
ne perenni cremer igne.
Zwar nicht würdig ist mein Flehen, doch aus Gnaden
lass geschehen, dass ich mag der Höll' entgehen.

13.
Amen – So sei es

Rainer Burger hörte oder besser fühlte, wie durch einen Nebel, die Stimme seiner Mutter. „Rainer, lieber Rainer, du hast es überstanden, komm zu mir. Wir werden glücklich sein, wir beide. Das Jammertal der Erde haben wir hinter uns gelassen. Die Herrlichkeit wird uns umfangen."

Eine andere Stimme gemahnte ihn, auszuharren und das Leid, das er verursacht hatte, zu sühnen. Versager! Niemand habe von ihm etwas erwartet. Er sei genau der Typ, den kein Volk auf Erden brauchen könne. „Memme, geh hin und verdirb wie Unkraut!" War dies die Stimme seines Vaters? Oder war es der Teufel selbst, der ihn anklagte und in den Höllengrund hinabziehen wollte?

In sein Bewusstsein drang das Bild der Kirchturmspitze des Sankt Sebastian, der wie ein Mahnfinger in den Himmel ragte, schmal und spitz. Alle daran erinnernd, dass wir nur kleine Menschen sind auf Erden, die in Sekundenschnelle in Staub zerdrückt werden. Die Teufelsgestalten vom Turmdach kreischten wieder, lachten höhnisch und jagten einander nach, jeder wollte in den Schwanz des anderen beißen.

Und wo war Gott? Wo waren die himmlischen Heerscharen, die den Menschen ins Gelobte Land führen? Wo waren die guten Mächte, die uns tragen? Was war Erlösung? „Ich will endlich frei sein! Frei von den Launen der anderen, frei von Bösartigkeiten und Unrecht, frei von Missbrauch, frei werden vom Ausgelacht-Werden der Nächsten, frei werden vom Zwang, bezahlen zu müssen für sein Unrecht, frei, frei, frei …"

Ω

Er sollte doch auch abgeholt werden an der Pforte des Todes. So viel hatte er von diesem Tunnel gelesen, an dessen Ende es hell wurde, von nahen Verwandten oder Engeln, die einen abholten und ins Totenreich geleiteten. Nun verhallten die gehörten und gefühlten Stimmen. Rainer Burger hörte ganz real eine nüchterne, lebendige Stimme. Sie berichtete nicht vom Garten Eden oder von den schönen Dingen des Himmels. Sie fragte ganz einfach: „Können Sie mich hören?"

Es war Burhan Erkan, ein Türke, Angestellter der Schweizer Bundesbahnen, dem die Abfallbeseitigung des Zuges oblag. Burhans Interessen galten den neusten elektronischen Medien, seien es Natels oder Flachbildschirme, iPods oder E-Books. Er wäre gerne in diesem Metier tätig gewesen, hätte gerne eine Ausbildung gemacht, aber er hatte nie eine Chance dafür bekommen. Burhan war ein Secondo. In einem kleinen alten Häuschen in Full-Reuenthal wuchs er mit drei weiteren Brüdern auf. Nach der Schule, meinten seine Eltern, sollte Burhan so schnell wie möglich Geld verdienen. Da wäre eine Ausbildung mit kleinem Lohn nur verlorene Zeit. So kam er zur Schweizerischen Bundesbahn, Sektor Zugvorbereitung. Sie stellten die Züge pünktlich, sicher formiert und in sauberem Zustand zur Abfahrt bereit. Zum Reinigungskonzept gehörte auch, dass der Abfall während den Fahrtstunden regelmäßig eingesammelt wurde.

Burhan tätschelte Rainer auf die Wangen: „He, Mann, hören Sie? Was fehlt Ihnen, Mann?"

Rainer Burger wollte die Augen öffnen. Wer sprach ihn an? Waren es doch die himmlischen Heerscharen? Nein, so ein Dialekt passte in seinen Vorstellungen nicht zum himmlischen Personal. Es kostete ihn enorme Mühe, in einen Wachzustand zu kommen. Und sein Magen rebellierte gnadenlos. Rainer musste sich übergeben. Burhan stützte ihn, so gut er konnte. In seinem Kopf drehten sich alle möglichen Gedanken wild durcheinander: Ist das ein betrunkener Stinker? Hat der Herzprobleme, wie man so oft von älteren Zugreisenden hört? Hat der Aids oder sonst eine schwere Krankheit, vielleicht etwas

Ansteckendes? Konnte der noch gerettet werden? Oh Scheiße, Mann!
Schnell zückte er sein Natel und wählte die Notrufnummer.

Ω

Der Rainer Burger, mit all seinen Wahnvorstellungen, der Rainer Burger, der von seinem Vater gequält und ausgenutzt wurde, der Rainer Burger, der von allen benutzt und wieder fallen gelassen wurde, der Rainer Burger, der seine Träume nicht leben konnte – der war tot.

Da war nur noch ein Mensch, der Hilfe brauchte und dies in einer Welt, in der Menschen lebten, die nur für sich schauten.

Natürlich überschlugen sich die Meldungen in den Medien. Er wurde als grausamer Mörder, als eine Bestie und als ein geschundenes Mitglied unserer Gesellschaft in der Presse breit gedrückt.

Das Gift in seinem Körper hatte einige Gehirnaktivitäten ausgelöscht. Er erinnerte sich an nichts mehr. Er war zwar ein Mensch, aber er war sich dessen nicht bewusst. Lange lag er im Kantonsspital, abgeschirmt von allem, was in der Welt geschah und von allem, was über ihn gesagt oder geschrieben wurde. Die Ärzte waren sich einig, Rainer Burger würde nie mehr nur annähernd gesund werden. Sein Hirn war enorm geschädigt. Er war ein Mensch mit einer schweren geistigen Behinderung. Nach langem Hin und Her wurde er in eine Gemeinschaft für Menschen mit Behinderung ins Baselland gebracht.

Viele Jahre wurde er dort gepflegt und ins Tagesprogramm so gut es ging eingebunden. Niemand verlangte eine Art von Förderung von seiner Umgebung. Man wusste, dass dies bei ihm nicht mehr möglich wäre. Als er eine böse Lungenentzündung bekam und alle sein Ende erwarteten, wurde eine Betreuerin für ihn bereitgestellt. Sie sollte die Sterbebegleitung von Rainer Burger übernehmen.

In den langen Nächten, in denen Sybille Merian neben seinem Bett saß, bemerkte sie, dass Rainer Burger für Stunden klar bei

Verstand war. Das hatte nun wirklich niemand erwartet. Er lag da und schien schlafend, aber er redete plötzlich, erzählte von seinen Erfahrungen als Rainer Burger. War dies die Klarheit vor dem Tode, in der man sein Leben ganz genau vor sich sah? Als Anthroposophin interessierte sich Sybille sehr für diesen Fall. Es schien doch so zu sein, dass der Mensch verschiedene Körper besaß. Welcher redete da wohl? Sein Astralkörper?

Sie begann alles aufzuschreiben, was sie hörte. Dass dies eine ganze Lebensgeschichte werden würde, glaubte sie zu Anfang nicht.

Nun ist das Ende da. Die Welt muss wissen, was mit Kreaturen geschieht, die so leichtfertig ausgelacht und benutzt werden. Von denen niemand einen Hilfeschrei wahrnehmen will. Die in Treu und Glauben von vorgetäuschten Gutmenschen missbraucht werden.

Wahrlich, sie sind keine Mörder. Sie sollen ihre Ruhe finden.

Ω

Wettingen, dieses Kleinod an der Limmat, das es geschafft hatte, seine dörfliche Identität als Stadt auf eine gute und lebendige Art zu erhalten und weiterzutragen. Die duftende Gartenstadt, in der Familien noch Kinder großziehen konnten ohne Asthma und Ritalin. Diese liebliche Idylle zwischen Stadt und Land, die tatsächlich seinen Bewohnern eine gesunde Live-Work-Balance bieten konnte. Eine Großgemeinde, die nicht nur aus neuen Plattenbauten bestand, die ihre älteren Häuser sorgfältig renovierte, sodass Interessierte die Architekturgeschichte der sogenannten Moderne, seit der Industrialisierung Mitte des 18. Jahrhunderts, bewundern konnten. Wer die Kantonsschule im Kloster Wettingen absolvierte, erzählte noch nach Jahrzehnten schwärmerisch davon.

Die Wettinger gingen wieder ihren ganz normalen Tagesbeschäftigungen nach. Niemand musste vor Intrigen und moralischen Missständen geschützt werden. In Wettingen konnte man gut leben. Die Geschichte um Rainer Burger war schnell vergessen und machte neuen Ereignissen aus dem Weltgeschehen Platz.

Hugo Benz war wieder im Dorf anzutreffen wie eh und je. Er kontrollierte die Parkuhren, die Raser, nahm Unfallhergänge auf und ab und zu überführte er einen Ganoven. Es war eben wie immer in Wettingen. Nur eines hatte sich verändert. Wenn er auf einen auffälligen religiösen Schwärmer stieß, horchte er auf und wurde bei seinen Recherchen äußerst penibel. Nie mehr wollte er die Augen vor dem harmlos Erscheinenden verschließen.

Und ab und an ertappte er sich dabei, wie er verstohlen hinaufblickte zum leuchtend weißen Kreuz auf dem Sulperg.

Pie Jesu Domine, Dona eis requiem. Amen.
Milder Jesus, Heiland Du, schenke ihnen ewige Ruh!
Amen.

Danksagung

Ich danke allen, die mich unterstützt und motiviert haben, diesen Krimi zu schreiben. Insbesondere danke ich Ruth Looser, die mir stets Mut machte und mir viele Tipps gab. Ich danke meinem Sohn Adrian für die Beratung in puncto Waffen. Ich danke meinem Mann, der die Gratwanderung als Erstleser wagte und sich viel Zeit für Diskussionen nahm.

Monika Neidhart

Die Autorin

Monika Neidhart wurde 1956 in Zürich geboren. Nach einer kaufmännischen Ausbildung wurde sie Mutter und kümmerte sich um ihre drei heute erwachsenen Kinder. Danach machte sie eine Ausbildung zur Sozialbegleiterin und arbeitete mit Menschen mit einer Behinderung. Gleichzeitig ließ sie aber die Theologie nicht los. Sie wurde Katechetin und unterrichtet heute Religion.

Das Schreiben ist Monika Neidharts große Leidenschaft: Sie verfasst Krimis und kurze Kindergeschichten für den Unterricht. Außerdem liest sie gerne, macht Yoga, fährt Fahrrad und liebt das Reisen. Sie lebt zusammen mit ihrem Mann und ihrer Katze in Wettingen.

Der Verlag

> *Wer aufhört*
> *besser zu werden,*
> *hat aufgehört*
> *gut zu sein!*

Basierend auf diesem Motto ist es dem novum Verlag ein Anliegen neue Manuskripte aufzuspüren, zu veröffentlichen und deren Autoren langfristig zu fördern. Mittlerweile gilt der 1997 gegründete und mehrfach prämierte Verlag als Spezialist für Neuautoren in Deutschland, Österreich und der Schweiz.

Für jedes neue Manuskript wird innerhalb weniger Wochen eine kostenfreie, unverbindliche Lektorats-Prüfung erstellt.

Weitere Informationen zum Verlag und seinen Büchern finden Sie im Internet unter:

www.novumverlag.com